编　委　会

总 顾 问：喇培康

总 监 制：江　平

总 策 划：赵海城

监　　制：凌　红

选题策划：刘树森　张　颖

统　　筹：魏　娜　王　斐

总体策划：中国电影股份有限公司北京电影营销策划分公司

中国电影股份有限公司是电影《信仰者》的版权持有人

中国人民解放军八一电影制片厂

AUGUST FIRST FILM STUDIO

全案统筹：严欣欣
　　　　　信自力
策　　划：严欣欣
《信仰者》编写组：安　娜　严　锴

信仰者

方志敏

The Faithful

《信仰者》编写组◎编

中国民主法制出版社

图书在版编目（CIP）数据

信仰者《信仰者》编写组编 . — 北京：中国民主法制出版社，2019.1（2020.6重印）
ISBN 978-7-5162-1586-9

Ⅰ①信… Ⅱ.①信… Ⅲ.①电影文学剧本—中国—当代 Ⅳ.① I235.1

中国版本图书馆 CIP 数据核字（2019）第 007881 号

图书出品人 / 刘海涛
全案统筹 / 严欣欣　　信自力
制　　作 / 信自力
发行总监 / 杨光捷
责任编辑 / 梁　惠　　黄宝强
装帧设计 / 信自力
封面设计 / 李晓伟

书名 / 信仰者
作者 / 《信仰者》编写组　编

出版发行 / 中国民主法制出版社
地址 / 北京市丰台区玉林里 7 号（100069）
电话 / 010-63055259（总编室）
　　　010-63057714（发行部）
传真 / 010-63055259
http：www.npcpub.com
E-mail：mzfz@npcpub.com
经销 / 新华书店
开本 / 16 开　　710 毫米 × 1000 毫米
印张 / 12.75
字数 / 107 千字
版本 / 2019 年 5 月第 1 版　　2020 年 6 月第 3 次印刷
印刷 / 河北盛世彩捷印刷有限公司

书号 / ISBN 978-7-5162-1586-9
定价 / 38.00 元

剧情说明

　　革命历史题材影片《信仰者》，将时光拉回到那个血雨腥风，战火纷飞的年代，讲述了革命前辈方志敏烈士可歌可泣的感人事迹。

　　1934年，中央苏区的第五次"反围剿"陷入危局。根据中共中央的命令，红七军团和红十军合编为北上抗日先遣队（即红十军团），方志敏任军政委员会主席。为宣传和推动抗日救亡运动，调动钳制国民党部队，减轻其对中央革命根据地进行"围剿"的压力，北上抗日先遣队举起抗日的旗帜，从中央苏区的东部出发，向闽、浙、赣、皖诸省国民党后方挺进。

　　1934年12月14日，抗日先遣队赶到安徽省谭家桥，遭到十倍于己的国民党重兵围追堵截。红军在乌泥关一带设防，伏击敌军少将旅长王耀武率领的"补充第一旅"。由于新兵不慎走火，在敌人还没有完全进入埋伏圈的时候，红军不得不过早地开始战斗，伏击战变为遭遇战，红军首战失利，无法在皖南立足。激战两月余，红军弹尽粮绝，却始终保持着英勇的战斗精神，在天寒地冻中抗击敌人。但终因寡不敌众，除参谋长粟裕带几百人突围，红十军团全军覆没。方志敏隐蔽在江西怀玉山陇首村附近的山里，在冰天雪地中与敌人周旋，由于叛徒的出卖，方志敏于1935年1月29日被俘。前几日，红十军团军团长刘畴西和十九师参谋长王如痴等红军重要领导人也不幸被俘。

　　入狱后，方志敏抱定信仰、坚贞不屈，身陷囹圄依然坚持写作。他用敌人要求写"供词"的纸笔写下了十几万字的文稿，其中名篇《可爱的中国》，温暖和鼓舞了一代又一代的中国人，被

The Faithful

誉为"爱国主义的千古绝唱"。

方志敏崇高的气节、昂扬的斗志，感染了狱中的看守人员，甚至感动了"落难"的国民党元老胡逸民。他们在生活上尽力照顾方志敏，并积极帮助他向狱中其他同志传递消息。这些珍贵的文稿包括一些写给党组织的密信，也经由狱中人士传出，送到了党中央，得以流传千古。

影片采用插叙的手法，在现实与回忆间来回切换，展现了方志敏烈士生命中最后的日子，并刻画了众多伟大烈士的群像——最年轻的 22 岁军团长寻淮洲牺牲时衣不蔽体；一师之长胡天桃身挎母亲留下的讨饭用的破洋瓷碗，脚上穿着两只颜色不同的草鞋；为了替战友引开敌人，英勇跳崖的巾帼英雄乔英；毕业于黄埔军校，面对金钱、爵位的诱惑毫不动摇的刘畴西……

方志敏烈士在《我们临死以前的话》中表明心迹："你法西斯匪徒们只能砍下我们的头颅，决不能丝毫动摇我们的信仰！"最后，信仰者们被带上刑场，慨然就义。

先烈用生命浴血写就的历史篇章，感人肺腑，催人泪下，值得后人一读再读。

1935 年 2 月 2 日　南昌

　　"咣——咣——咣——"

　　1935 年 2 月 2 日，南昌。戒备森严的驻赣绥靖公署军法处看守所里，传来一阵敲击金属的声音，一个士兵费力地用铁锤砸了半天，终于把粗大的铁铆钉砸死了，将一副十几斤重的脚镣，戴在了一个面容清癯的中年男子脚上。

　　在他身边，一左一右坐着另外两名男子，同样戴着黑黢黢的闪着寒光的脚镣。

　　在荷枪实弹的士兵监视下，一个外国人走上前来，举起相机，欲给三人拍照。

The Faithful

美国记者 哈马丹

"你好！"坐在中间的中年男子举起一只手用英语阻止他，"你是美国人吗？"

"你会说英语？"西装革履的年轻洋人是美国记者哈马丹，他有点吃惊，没想到此人竟能说一口流利的英语。他答道："是的，我是美国人。"

他还不知道，眼前这个披着单薄棉衣、形容憔悴的男子，正是大名鼎鼎的红十军团军政委员会主席——方志敏。

哈马丹用英语告诉方志敏："他们请我来为你们拍照。"方志敏淡淡地笑了，转身对身边的两位战友说："他要照相，我们三个还没一起照过相呢，精神点！"

这两位，在红军中同样声名显赫，分别是红十军团军团长兼二十师师长刘畴西和十九师参谋长（后任十九师代师长）王如痴。

不知道敌人又要耍什么伎俩，刘畴西轻蔑地一笑。三人起身，整整衣冠，气宇轩昂地站在镜头前。

红十军团军政委员会主席 方志敏

面对敌人，刘畴西昂首挺胸，方志敏巍然伫立，王如痴镇定自若。

闪光灯的强光一闪，"咔嚓"一声，定格下这历史的瞬间。

方志敏（1899—1935）

江西省上饶市弋阳县漆工镇湖塘村人，中国共产党革命家、政治家、军事家、杰出的农民运动领袖，土地革命战争时期闽浙赣革命根据地和红十军团的创建者。他8岁入私塾，12岁便辍学辅助家庭务农，童年在家乡度过；17岁时在乡亲们的帮助下进入县立高等小学，在校时受到新文化运动的影响；1922年8月加入中国社会主义青年团；1924年3月转入中国共产党，参与创建江西的党、团组织；1928年1月，参与领导弋横暴动，创建赣东北苏区；先后任赣东北省、闽浙赣省苏维埃政府主席，红十军、红十一军政治委员，中共闽浙赣省委书记。他把马克思主义与赣东北实际相结合，创造了一整套建党、建军和建立红色政权的经验，毛泽东将他创建的根据地称之为"方志敏式"根据地。1935年，任红军北上抗日先遣队（即红十军团）军政委员会主席，率军北上皖南，遭到七倍于己的国民党军队围追堵截，被捕牺牲。2009年9月，方志敏被中央宣传部、中央组织部等11个部门评选为"100位为新中国成立作出突出贡献的英雄模范人物"。

The Faithful

红十军团军团长兼二十师师长 刘畴西

十九师参谋长 后任十九师代师长 王如痴

这一天是农历腊月二十九，还有一天就是除夕了。在这阴森恐怖的国民党监狱里，半空中似乎都弥漫着愁云惨雾，丝毫没有节日喜庆的气氛。

第五次反"围剿"

是指从 1933 年 9 月 25 日至 1934 年 10 月间，中国工农红军第一方面军在江西省南部、福建西部地区，反击国民党军第五次"围剿"中央苏区的战役。

经过一年苦战，红军终未取得反"围剿"的胜利，最后中央领导机关和红军主力退出根据地。

红十军团三位重要领导人同时身陷囹圄，此时革命的形势十分危急。

确实，1934 年 7 月，中央苏区的第五次反"围剿"陷入了危局。1934 年 11 月初，方志敏奉命率红军北上抗日先遣队到达皖南，遭到十倍于己的国民党重兵围追堵截，激战两月余，终因寡不敌众，8000 人的队伍除少数突围，大部分壮烈牺牲。方志敏与刘畴西等人被打散，隐蔽在江西怀玉山陇首村附近的山里，在冰天雪地中与敌人周旋。由于叛徒的出卖，方志敏于 1935 年 1 月 29 日被俘。在此前的一两天，刘畴西和王如痴也不幸被俘。

这次失败，不但令红十军团损失殆尽，就连方志敏苦心经营多年的闽浙赣苏区也危在旦夕。

刘畴西（1897—1935）

湖南望城县人，中国共产党早期军事领导人之一。黄埔军校第一期毕业，在校期间加入中国共产党，军校毕业后任黄埔军校教导团第一团第三连党代表，在国民革命军第一次东征时负伤，失去左臂。1927年参加"八一南昌起义"；1929年初赴莫斯科伏龙芝军事学院学习；1930年8月回国到中央苏区工作，任红一军团第三军第八师师长；在多次反"围剿"作战中屡立战功，被誉为"独臂将军"；1933年2月任福建军区总指挥，闽浙赣军区司令员兼红十军军长；1934年8月被授予二级红星军功章，11月任红十军团军团长；之后，在谭家桥战斗中，遭王耀武重创，转移至怀玉山。1935年1月，率红十军团突围时，在怀玉山不幸被俘，同年8月6日在南昌与方志敏烈士一同英勇就义。

时间回溯到近三个月前。

1934年11月24日，奉中央军区的命令，方志敏、刘畴西率红十军团军团部及红二十师离开闽浙赣苏区首府葛源，北上皖南。12月10日，他们与率先出发的红十九师在黄山南大门汤口会师。一到汤口，红军立刻大造声势，积极宣传北上抗日的救国主张。

蒋介石闻讯，极为震惊，连夜发急电，派出10万兵力对红军进行"追剿"。

12月14日，经过几天的休整，红军赶到安徽省谭家桥。

1934年12月14日　安徽　谭家桥

The Faithful

　　敌情严峻，红十军团指挥部紧急召开会议研究对策。

　　方志敏疾步走进指挥部，刘畴西和王如痴已经在等着他，房间里还有中央苏区特派员吴天来、红十军团参谋处处长曹仰山、闽浙赣军区参谋长粟裕和二十一师师长胡天桃。

　　见他进来，王如痴迫不及待地汇报："方主席，我们孤军奋战已经一个多月了，弹药、给养急需补充，而且据情报，敌人正在源源不断地增兵，围堵我们，形势十分严峻。"

　　闻言，烟瘾很大的刘畴西叼起烟斗，警卫员划着火柴帮他点上，他轻轻地叹了口气。

　　在离指挥部不远的山上，年轻的十九师师长寻淮洲骑在马上，正在用望远镜观察地形。

　　"还有什么遗漏的吗？"放下望远镜，寻淮洲问。

　　"报告——没有！"警卫员响亮地回答。

这位22岁的军事奇才心里有数了。

指挥部里，会议还在进行，参谋处处长曹仰山发言："王耀武是老蒋的嫡系，建制充实，装备精良。"

寻淮洲
后任十九师师长
原红七军团军团长

此时，敌军少将旅长王耀武率领国民党补充第一旅6000余人，脱离为两路部队冒进追击而来。

"装备精良怎么了？"刘畴西敲敲烟斗，打断曹仰山，"我们打的就是他的装备精良。"

"对，我同意军团长的意见，打王耀武！""嘎吱"一声，寻淮洲推门进来，接过刘畴西的话，一边说一边把手里的地形图放在桌上。

"寻师长，说说，怎么打？"刘畴西眼睛一亮。

寻淮洲端起水碗一饮而尽，用袖子擦擦嘴说："我准备，在乌泥关设伏。"他一边说，

红十军团参谋处处长
曹仰山

一边在地图上指点，"这是山隘口，路北是一溜小山坡，呈三十五度，是个打伏击的好地方。"

"对，我们可以将主力放在山坡上。"粟裕站起来，也指着地图说。

The Faithful

寻淮洲详细阐述他的作战计划："我准备带十九师打主攻，敌人进入包围圈之后，火力压制，迅速出击，将敌人分成两段。二十师埋伏在路西侧，切断敌人后路，二十一师迎头打，如果顺利的话，这一仗可以吃掉王耀武。"

"王耀武立功心切，孤军突出，跟得最紧，一旦开战，离谭家桥最近的国民党第四十九师，增援参战至少得八小时。如果我们能够趁着空当，打掉王耀武，不但可以挫灭敌人的嚣张气焰，我们的枪支弹药、食品衣服，都能够得到很好的补充。"方志敏十分赞同寻淮洲的想法。

"对！"刘畴西也点头赞同，但他还有不同的意见："这样吧，我带着二十师，打主攻；寻

闽浙赣军区参谋长栗裕

师长，你带十九师断敌后路；胡师长，你带二十一师迎头堵截。"

寻淮洲马上反对："军团长，我还是要求十九师打主攻，二十师大部分都是新兵。"

刘畴西显然并未将王耀武放在眼里，他轻笑着说："王耀武，我太了解他了，我黄埔一期的时候，他就是个店小二，没多大本事，就是个跑堂的。"

二十一师师长 胡天桃

"我曾经打败过王耀武的第二团，在心理上我们占有绝对优势。"寻淮洲仍坚持己见。

"那你是说，我们二十师就都是吃干饭的？按命令执行！"

"我反对，我坚持让十九师打主攻。"

看着两人争论不休，特派员吴天来开口了，他的语气很严厉："寻淮洲，你现在是十九师师长，下级服从上级，这是我党的纪律。"

"天来，这是军事会议。"意识到吴天来的语气不妥，刘畴西改用俄语对吴天来说。

"我是在维护你的威信。"吴天来用俄语回答。

中央苏区特派员 吴天来

"这是打仗！"同样精通俄语的王如痴火了，他猛地站起来："在生死存亡面前，这样的威信，毫无意义！"

"既然军团长决心已定，大家就按计划执行。"旁听了半天，看着大家争论不出结果，方志敏斟酌良久，一锤定音。

寻淮洲（1912—1934）

　　湖南浏阳县社港人，1927年初加入中国共青团，1928年加入中国共产党，当时只有16岁；参加五次反"围剿"作战和两次入闽作战，历任代理排长、营长、团长、师长、军团长；22岁即担任红七军团军团长，并率部从瑞金抵达赣东北苏区，红十军团重溪整编时改任红十九师师长；1934年12月指挥谭家桥战斗时英勇负伤，次日因伤势过重，在安徽省泾县茂林地区牺牲，年仅22岁。他英勇善战，威震敌阵，战功卓著，是红军将领中一位赫赫有名的战将。

实际上，这次会议的决定，为后来谭家桥一役埋下了巨大的隐患。除了刘畴西战略上的轻敌，他麾下的二十师也缺乏大战经验，担任重要的主攻任务，并不如野战经验丰富、作风顽强的十九师。

国民党补充第一旅旅长 王耀武

当夜，红军在乌泥关至谭家桥公路两侧连绵的高山树林里设伏，红十九师部署在公路右侧，红二十师、二十一师布署在公路左侧。

红军埋伏了一夜，终于等到国民党的一队人马在树丛中显现，他们唱着军歌大摇大摆地进了山。骑在马上带队的军官，就是国民党补充第一旅旅长王耀武。

The Faithful

　　在钟鼓山一个隐蔽的山坳里，早已用竹子搭建好一个简陋的指挥部。警卫员气喘吁吁地跑进来，低声向刘畴西汇报："来了！"

　　大战在即，刘畴西面色凝重，一把抄起放在地图上的手枪，在裤子上蹭开保险，把子弹上了膛，与警卫员一起，弯腰前进，悄悄埋伏在战壕里。

　　眼看着敌人大军压境，一个趴在战壕里的小战士端枪的手瑟瑟发抖，没有经历过阵地战的新兵，心理素质差，紧张得满脸是汗。

　　敌人一步一步走近，趴在埋伏圈里的红军战士，凝神静气。

　　国民党补充第一旅的先头部队已经走近红军扎好的口袋边，眼看着就要进入火力网。

　　"砰！"一声清脆的枪响。

　　一个国民党士兵应声而倒。

　　"有埋伏！"

　　"卧倒！"

　　敌人大惊，队形一时非常混乱。王耀武急忙从马上跳下来，

跑到一块大石头后面躲了起来。

"谁开枪？"埋伏在战壕当中的刘畴西厉喝。

"枪走火了！"混乱中有人报告。

刘畴西大怒："废物！"

枪声已经引起敌人警觉，过早暴露了红军的兵力部署，敌军马上派出一营兵力抢占路边高地。

伏击战变成了遭遇战。

红军战士纷纷掀开盖在身上作伪装的草席，以迅雷不及掩耳之势，发起猛烈进攻。

"快引爆地雷！"刘畴西命令。

"怎么提前打响了？"在钟鼓山上另一处指挥部的方志敏，从望远镜中看到时机还未到，双方却突然开火，感到非常震惊，"怎么回事？"

"怎么回事？"他身后的粟裕也瞪大了眼睛。

The Faithful

另一边，刘畴西指挥的战斗仍旧在激烈地进行，刘畴西下令：
"告诉他们占领制高点。"

用望远镜观察了地形之后，王耀武同样命令："马上抢占前方
侧翼的制高点。"

无疑，谁抢占了制高点，谁就得到了战场主动权。

王耀武在望远镜中发现红军的攻势十分猛烈，他的第二团前
卫营一时无法占据有利地形，团长、团副全都负伤，王耀武回头
命令："炮兵选择有利地形，向高地密集开炮。"

与国民党军队精良的武器相比，红军的火力毕竟薄弱，敌人
在炮兵增援下，渐渐冲上了高地……

"你把这个，交给寻师长。"刘畴西掏出钢笔，刷刷写下战报
交给通讯员。

"是！"通讯兵领命而去，冒着枪林弹雨冲向寻淮洲的部队。

"通知寻淮洲，情况有变。"此时的方志敏亦是心急如焚地下令。

十九师的两个团，此刻埋伏在伏击地域左翼，按照计划，待主攻方向打响后，向南出动，越过麻川河，从石门岗以东向乌泥关穿插，全力截断敌军后路。

收到通讯员飞报，寻淮洲得知红二十师已经溃败。

此时敌第二团的一个营已经占领了石门岗的制高点，俯瞰北面低地，红十九师被隔断在石门岗以东、以北的悬崖峭壁之下。

在险峻的高山悬崖之中，队伍施展不开，只能被敌人的火力压制在狭窄的山沟里，不得不返回，改从石门岗西北发起进攻，情况万分危急。

"把枪给我！"血气方刚的寻淮洲急了，他冲出指挥部，从战士手里抢过机枪，"给我冲——"返身就冲向战场。

"淮洲！淮洲！"王如痴急得在身后大喊，可哪里阻挡得住。

The Faithful

寻淮洲端着机枪，身先士卒地冲在最前面，战士们紧紧跟着他们的师长，与敌人展开殊死搏斗。

一枚弹片呼啸着飞来，击中寻淮洲的手臂。他用伤手架着机枪，另一只手抠出弹片，随手一抛，继续冲锋，鲜血喷涌而出，在空中划出一道殷红的抛物线。

红军终于夺回了被敌军攻占的乌泥关制高点。

在望远镜中看到寻淮洲如此英勇，王耀武暗暗心惊，同时也有几分钦佩，"不惜一切代价，把乌泥关给我夺回来！"他气急败坏地命令。

此刻战斗已经到了白热化的阶段。

寻淮洲誓死保卫阵地。

"占领山头！"他声嘶力竭地下令。

寻淮洲始终冲在最前面，一排排敌人倒在他的枪下。

战场上硝烟弥漫，流弹、弹片、沙石尘土像漫天风雪一样遮

天蔽日。

又一枚子弹飞过来，这一次，打在了寻淮洲的左腹。

寻淮洲身经百战，身上不知受过多少刀伤、枪伤，凭经验他知道，这一次，是致命的。

他缓缓倒下，一时间似乎万籁俱寂，战火远去，他只听见自己心脏跳动的声音，那是蕴藏在他年轻的生命和军人的魂魄中——顽强的生命力！

咚！咚！咚！

"到底怎么回事？怎么还止不住血啊？"眼瞅着云南白药一次次地洒在寻淮洲的伤口上，丝毫不起作用，鲜血很快就涌出来，染红了白色的药粉，又浸红了纱布，刘畴西焦急万分地责问卫生员。

寻淮洲中弹后，战士们见师长负伤，急忙组成一道人墙，边打边退，将他抢下火线。

The Faithful

　　寻淮洲疼得满脸是汗，但他却觉得冷，越来越冷，方志敏脱下棉衣盖在他身上。

　　"方主席"，他翕动着干裂的嘴唇，无力地说："这儿太危险了，你们快走。"

　　"淮洲，坚持住，要走一起走。"方志敏的眼睛里升起一层水雾，他竭力控制自己的情绪。

　　一旁的刘畴西，再也不忍心看下去，他闭上了眼睛，泪水却不受控制地涌出了眼帘。

　　"快……快……"寻淮洲只是一味催促着同志们离开，他没有力气了，说不出太多话，只能颤抖着低声地吐出两个字。

　　寻淮洲慢慢地闭上了眼睛。

　　他累了！

　　他16岁参加红军，身经百战，屡立奇功，威震敌阵，一年三百六十日，多是横戈马上行，今天终于可以好好地休息了。

"淮洲！淮洲——"王如痴喊得声嘶力竭。

再迫切的呼唤也唤不回年轻的生命，英雄的热血，终究洒在了祖国的热土上。

寻淮洲身边十几岁的警卫员，哽咽着泪流满面。

滴答、滴答，冷雨从破棚子的屋檐上一滴滴地坠落，方志敏、刘畴西、王如痴穆然肃立，脱帽致礼，垂首默哀。

我们活着不能与草木同腐，不能醉生梦死，枉度人生，要有所做为！

——方志敏

王耀武（1904—1968）

字佐民，汉族，山东泰安人。抗日名将，中国国民党高级将领。曾任国民党中央执委会委员、山东省主席、山东省党政军统一指挥部主任、第二绥靖区司令长官、山东绥靖统一总指挥部主任，青天白日勋章获得者，中正剑持有人。

1924 年 11 月考入黄埔军校；1937 年抗日战争全面爆发后，担任国民革命军第七十四军第五十一师师长、副军长；1939 年，因功升任第七十四军军长；1945 年 1 月，升任第四方面军司令官；1945 年 5 月，当选为国民党中央执行委员会委员，同年 8 月 15 日，日本宣布无条件投降，王耀武任受降主官；1946 年 1 月下旬任第二绥靖区司令长官，3 月兼任国民党山东省党政军统一指挥部主任；10 月 23 日，兼任山东省政府主席，并兼省保安司令、山东军管区司令等职。

蒋介石称赞王耀武"善于带兵，有指挥才能"。时人有"宁碰阎王，莫碰老王"一说。

　　"谭家桥一战，十九师师长寻淮洲的牺牲，对红十军团的战斗精神影响很大。国民党二十万大军围追堵截，我率部东闯西拼，七次突围均未奏效，惭愧啊！"

　　在狱中撰文回忆谭家桥战役，方志敏的笔触十分沉重。他想把这次失败的经验教训总结出来，设法送出监狱，呈给党中央。

　　入狱后不久，南昌军法处副处长钱协民就企图对他进行劝降。

　　"哗啦——哗啦——"方志敏拖着沉重的脚镣，被看守所所长凌凤梧和监狱书记员高家骏押送到阴森的审讯室，钱协民早已等在那里。

The Faithful

"方先生，请坐！"高家骏把一把囚椅放在方志敏身后。

"方先生怎么能坐这个呢？"钱协民假惺惺地说。

南昌军法处副处长

钱协民

两人把笨重的囚椅抬走了，凌凤梧想去搬旁边那把看上去体面一些的红木椅子。

"我来。"钱协民假装殷勤地亲自把椅子搬到桌前，拍着椅背说："方先生，请坐。"

方志敏费力地走到椅子前正襟危坐，他本来就患有肺病，入狱以来，脚戴重镣，饱受折磨，各种旧疾复发，身体已经极度虚弱，刚一坐下，一股钻心的疼痛就向他袭来。

"今天呢，请你出来，并不是要审问你，我们啊，拉拉家常。"钱协民把桌上的台灯转向方志敏，这间审讯室是地下室，常年不见天日，阴暗潮湿，刺目的灯光打在方志敏脸上，他皱了皱眉。

"我这个人哪，心肠软，看谁走了弯路呢，就想拉他一把。比如你吧，是个人才！我呀，看过你写的小说，《谋事》《狗儿的死》文采飞扬，写得很好嘛！"

"谢谢你能喜欢控诉当今黑暗社会的文章。"方志敏不无讽刺地说。

钱协民装作毫不介意："我这个人哪，就是心善，一副菩萨心肠啊！"

方志敏打断他："我知道你对我们共产党人有五杀，共产党员杀、排长以上杀、当过分田委员的杀、打过土豪的杀、当过乡主席的杀，这就是你的菩萨心肠。"

笑容从钱协民脸上消失了，他的伪善实在装不下去了，语气也重了："我想给你一句忠告，你们既然已经失败，何必再这么固执？"

"在军事上我们暂时是失败了，但是在政治上我们并没有失败，我们永远也不会失败！"

监狱书记员 高家骏

看守所所长 凌凤梧

钱协民仍不死心："我呀，觉得凭您的才华，只要同意来国军做事，就一定会得到重用的。"

方志敏微笑着问："做什么？宣扬苏维埃的美好？"

"我们都知道，你是能做事的人，上面也知道，否则，杀了你们那么多的人，为什么还留着你不杀呢？"

方志敏已经没有耐心再忍受这种废话连篇的劝降，他斩钉截铁地说："我现在就可以告诉你，苏区的共产党员都和我一样，永

The Faithful

远不会放弃信仰。"

钱协民也失去了耐心，他伸出戴着两只雪白手套的手，按着桌子，缓缓站起身来，咬着牙说："我想告诉你，摆在你面前的只有两条路，一是投降觉悟，另一条就是——死！"

"事无两全，唯有一死。我愿意为我的信仰而死。"方志敏毫不犹豫。

此时，站在他身旁的凌凤梧暗暗叹了一口气。

钱协民出言威胁："不是任何人，都能随随便便走出这间屋子的。"他的话音刚落，方志敏身后的两扇门，不知启动了什么机关，突然左右分开。方志敏伸出一只手遮住台灯的强光，才看清门后有一个被铁链锁着的红军小战士。年轻的小伙子赤裸着上身，伤痕累累，鲜血在身上结成错综复杂的血痂，也染红了腿上的军裤，一看就知道经历了非人的折磨。

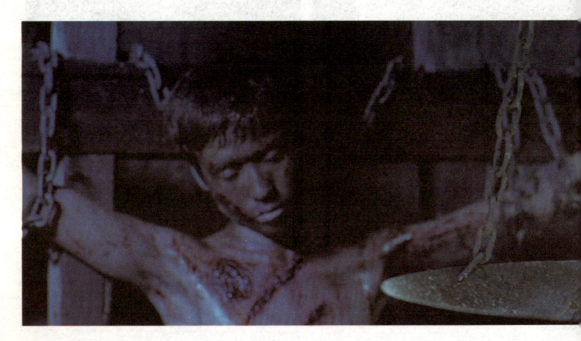

各种刑具悬挂在奄奄一息的小战士周围，烧红的烙铁还在嗞嗞作响，眼前的一切，实在是触目惊心。看着战士那张年轻的、还像个孩子一样的脸，方志敏一阵心痛，他的眼里隐约有了泪光。

同时，他心里也升起一丝骄傲，宁死不屈的共产党人，好样儿的！

敌人竟想用严刑拷打，来恐吓他这个多年戎马倥偬，心怀坚定的革命信仰的老党员，真挺可笑。

他淡淡地笑了："请便吧！"

方志敏被押回囚室的时候，凌凤梧跟在他后面，利用自己看守所所长的职务之便，卸下他脚上十几斤重的脚镣，换了一副三斤半重的脚镣。

方志敏的脚踝，早已被脚镣磨得血肉模糊，有几处甚至皮肉溃烂，露出了骨头。凌凤梧帮他撒上消炎止血的药粉，药粉就像蚂蚁一样啮咬着伤口，似乎要争先恐后地蚀入骨髓。

"唑——"方志敏疼出一头汗，忍不住倒吸了一口冷气。

"我的老师也是共产党，被杀了，尸体吊在城门上，不让收尸。"凌凤梧突然压低声音说，为防隔墙有耳，他说的是英语。

方志敏也低声用英语说："我们会前赴后继。"

"战场拼死易，从容就义难。我佩服你们的勇气。"

The Faithful

"千古艰难唯一死，谁不珍惜生命啊？但在偷生与信仰面前，我们宁愿选择杀身成仁。"

"四一二"反革命政变

是指 1927 年 4 月 12 日，以蒋介石为首的国民党新右派在上海发动反对国民党左派和共产党的武装政变。共产党员、国民党左派及革命群众被大肆屠杀，中国革命受到严重摧残。标志着大革命的部分失败，是大革命从胜利走向失败的转折点，同时也宣告国共两党第一次合作失败。经过"四一二"政变，共产党在群众中的影响迅速扩大，这为党领导中国人民把斗争推向新的更高的阶段准备了条件。

凌凤梧说的老师，是在蒋介石发动的"四一二"反革命政变中被杀害的钱兆鹏。钱兆鹏对凌凤梧影响很大，师生两人感情甚笃。

后来，为了方便劝降方志敏，敌人把他移至狱中的"优待室"，和凌凤梧的办公室只隔一个小天井。凌凤梧每当深夜查岗，看到对面窗户的微弱灯光，知道方志敏还在灯下写文章，就暗生敬意，觉得共产党员都是铮铮铁骨。

与方志敏短暂的接触，是凌凤梧

的生命中，从黑暗走向光明的一个转折点。在两人的一次以"劝降"为名的深夜长谈中，方志敏语重心长地对他说："我劝你不要迷恋官场的争夺，还是当个教员为好。这样，既可以养家糊口，又可以教人爱国的本领。"

方志敏的一番话，凌凤梧铭记于心，后来他经过一番周折，辗转在江西、浙江各地教书。1957年，凌凤梧在浙江省东阳市政协的一次会议上说："从南昌回到家乡后，我就死心塌地地割断了反动的道路，决心投入到教育界直至如今，垂满20年的教龄，我才有今天的为人民服务、当人民教师、当政协委员，饮水思源，这还须归功于革命先烈方志敏同志在狱中的遗教。"

此是后话了。

凌凤梧（1896—1962）

　　凌凤梧，又名凌朝湘，1896年11月出生于浙江省金华市孝顺镇的一个工商业者家庭，中学毕业后于1919年8月考入上海文生氏高等英语学校，1922年考入浙江省立政法专科学校，1926年毕业。1927年初，时值国共合作时期，凌凤梧在国民党金华县党部帮助管卷、收发工作，并由县党部执委、中共党员钱兆鹏介绍加入国民党。"四一二"反革命政变后，钱兆鹏遭杀害，凡钱兆鹏做介绍人加入国民党的人员，登记表一律作废。

　　退出国民党后，凌凤梧当过小学校长兼教员、县政府总务科收发员，后被提拔担任抚州军法分处临时看守所所长。1935年1月，顾祝同任南昌绥靖公署主任，原北路军总司令部改组为南昌绥署机关。此时绥署军法处下属看守所所长一职尚空缺，新到任的军法处上校处长曹振飞于2月委派凌为代理看守所所长。

1935 年的冬天，对于革命的形势来说，仍是凄风苦雨。

一弯冷月悬在天际。清冷的月光，静静地笼罩着战火纷飞，满目疮痍的华夏大地。

牢房里，刘畴西和王如痴正就着昏黄的油灯下象棋。

"跳马。"刘畴西说。

刘畴西曾经在国民革命军第一次东征中失去了左臂，现在右臂又受伤了，吊着绷带。王如痴拿起"马"，替他落子。

"走这儿啦？"王如痴指着棋子，再次确认。

"嗯。"刘畴西点头。

"那你输了。"

"我怎么输了？"刘畴西不服。

王如痴不理他，直接落子："吃车。"

刘畴西一看大事不好，连忙说："悔一步，悔一步，我不跳马了。"

王如痴不乐意了："你怎么老悔棋啊？"

"哎呀，不就一步棋嘛，给我搁回去。"刘畴西铁了心想赖皮。

那段时间方志敏还没被移到"优待室"里去，此刻正在另一张桌子上奋笔疾书。他撂下笔，走过来有点不满地说："你们天天下棋，应该把失败的原因找出来，上报党中央，让红军不再犯同样的错误。"

"老方啊！咱们是要犯，他们不可能让咱们活着出去，如果我估计不错的话，顶多这几天。"刘畴西说。

"我这很难受，给我一枪，也就舒服了。"负了重伤，躺在床上的曹仰山呻吟着说。

"方主席，就算是咱们写了，也传不出去啊！"王如痴叹了口

气，站起来，发愁地说。

方志敏抬头看去，冰冷的夜风将雪花从屋顶的铁窗上吹进来，外面下大雪，屋里飘小雪，探照灯将雪花映照得银光闪闪，像一枚枚银针。两个士兵扛着枪，正在铁窗上走来走去。

"砰——砰——"两声枪响打破了夜晚的静谧。几个人心里一沉，不知道是谁又被敌人秘密杀害了。

方志敏知道王如痴说的是事实，国民党看守所戒备森严，对他们这几个身居要职的红军领导人，更是紧密防范，日夜监视，随时都可能将他们杀害。他想把文稿送到外面，几乎是不可能的事情。

"这次向中央报告失败的原因，我打了很多遍腹稿，两个多月的征战情景，总是浮现在眼前，虽身陷囹圄，但我的心依旧在战场上鏖战。"方志敏在纸上这样写道。

他不愿放弃，这次失败的经验，是用血的代价换来的，只

The Faithful

要有万分之一的希望，他就要将其诉诸笔端，想方设法送到党中央。

第二天，在短暂的放风时间，刘畴西发现，有一个囚犯，在监狱里显得格格不入。他带着圆圆的玳瑁边眼镜，穿着灰色长衫，发型一丝不乱，坐在一把椅子上跷着二郎腿看报纸，看上去相当悠闲，不像是坐牢，倒像是在度假。

"哎，老方，你看这个人，眼熟吧？"刘畴西悄悄说。

方志敏仔细端详了一会儿那人，说："好像是胡逸民。"

"我看着也像。"刘畴西点头称是。

"老蒋的眼中钉，应该是二进宫了。"王如痴接过话头。

方志敏想了想，向胡逸民走去。

"您好，胡先生。"他主动打招呼。

"你是方志敏吧？"胡逸民的眼睛没离开报纸。

"是。"

"我在报上见过你的照片，我不喜欢共产党，你们瞎闹腾，失败、坐牢，这是必然的。"胡逸民边说边哗啦哗啦地翻着报纸。

国民党南京中央军人监狱 原监狱长 胡逸民

方志敏笑了，无奈地摇了摇头。

"你是不是在笑，我这个国民党中央监狱的监狱长，为什么也在坐牢？"胡逸民有点恼怒。

方志敏诚恳地说："先生早年参加同盟会，跟随中山先生，是国民党的元老，如今和我一样，关在这座牢里，为何？很简单，我们都想过人过的日子，但是这么简单的要求，有人不允许。"

放风时间很短，又有士兵严格监视，两人没有过多攀谈。看着方志敏转身离开的背影，胡逸民凝神思索。

胡逸民（1890—1986）

　　中国国民党元老，小名彭济，学名原为致民，后改为逸民，别名耕莘；浙江省永康人，早年参加同盟会，追随孙中山反清举事，是孙中山《政治遗嘱》《私人遗嘱》的见证人之一。他曾担任国民革命军军事法官、江西高等法院院长、中央清党审判委员会主席，以及南京中央军人监狱、徐州军人监狱、汉口军人监狱的监狱长；也是方志敏烈士手稿《可爱的中国》《清贫》《我从事革命斗争的略述》的传递者；中华人民共和国建立前夕赴香港，1981年10月，落叶归根，返回故乡定居；1986年辞世，享年96岁。

凌凤梧到处长办公室找钱协民汇报公事，办公室里却空无一人。凌凤梧刚想离开，发现桌上放着一纸公文，上面似乎有方志敏的名字。

他匆匆偷看了这份文件，在方志敏、刘畴西、王如痴、曹仰山四个人的名字下面，用朱笔批复着同样的两个字——"缓杀"。

凌凤梧来到方志敏他们的囚室，打开牢门上的小窗，把替他们代买的烧饼塞到王如痴手里。凌凤梧并没有立刻离开，他低声喊："方先生，方先生！"

方志敏的腿伤未愈，只能一瘸一拐地，蹒跚着走到门口。凌凤梧用英语低声说道："处理你们的公文下来了，上峰批复，缓杀。"

The Faithful

"他说什么了?"刘畴西嚼着烧饼问。

"暂时不杀我们了,看来是想利诱我们,让我们投降。"

刘畴西还没来得及回话,王如痴突然扬着手里的报纸,激动地大喊起来:"老方,中央红军打胜仗了!"

方志敏大喜过望,拖着脚镣,跟跟跄跄地,几乎是向那份报纸扑过去。

"念念。"刘畴西迫不及待地说。

"共匪占领遵义城,大批军用物资落入共匪手中。"王如痴声音洪亮地念了一遍新闻标题,这是一份国民党发行的报纸。

方志敏一把扯过报纸细看,"这儿!"王如痴给他指点着。

"好啊!太好了。"

"太好了!"

"太好了!"

几个人喜不自胜,刘畴西高兴地不知道说什么,狠狠地咬了几口烧饼。

一直躺在床上，身体极度虚弱的曹仰山费力地抬起头，长叹一声："值啦。"

1935年2月24日至28日，红军五天之内取桐梓，夺娄山关，占遵义城，打死打伤敌军2400多人，俘敌3000余人，缴获大量枪支弹药，取得中央红军长征以来最大的一次胜利，这就是著名的遵义战役。

人逢喜事精神爽，入狱以来，他们的心情从来没像今天这么舒爽过。

"哈哈哈，哈哈哈……"爽朗的笑声从房顶的天窗传出去，飘荡在牢房外面……

遵义战役

1935年1月中旬，在红军长征途中，中共中央在贵州省的遵义城举行了政治局扩大会议，重新确立了毛泽东对红军的领导地位。随后，于2月下旬，红军在娄山关与遵义地区，胜利地进行了遵义战役，歼灭敌军两个师又八个团。取得了自撤离中央苏区以来第一个重大的胜利，向挽救中国革命的遵义会议，献上了一份厚礼。在此期间，毛泽东写下了不朽的诗篇《忆秦娥·娄山关》："西风烈，长空雁叫霜晨月。霜晨月，马蹄声碎，喇叭声咽。雄关漫道真如铁，而今迈步从头越。从头越，苍山如海，残阳如血。"这首词气势磅礴，寓意宏广，展现了毛泽东作为中国革命领袖的宽阔胸襟，勾画了中国革命曲折的道路，昭示了中国革命必定胜利的信心。

王如痴（1903—1935）

　　湖南衡永郴桂道祁阳县太和堂（今衡阳市祁东县太和堂镇）人，无产阶级革命家、军事家、政治家。幼读私塾，1916 年到县城读书，1925 年毕业于湖南省公立工业专门学校预科班高中部；1926 年参加国民革命，同年 8 月加入中国共产党，随即赴苏联莫斯科中山大学学习；1928 年，从苏联莫斯科中山大学学成回国，即受党组织派遣，赴井冈山红四军工作，先后两次参加了保卫红色摇篮，反湘赣两省军阀对井冈山进行"会剿"的作战。1929 年冬，奔赴中央革命根据地，后又赴闽浙赣革命根据地，从事武装斗争。历任红五军八大队党代表，红六军第二纵队和红三军第八师政治委员，红十三军、红十一军政治委员，红十军军长兼政治委员。1934 年 10 月加入红十军团，先后任十九师（红七军团改编而成）参谋长、师长。他积极协同方志敏、刘畴西在怀玉山的东南山地和北部的冷水坑、玉峰、马峰等地指挥部队，同敌军进行血战，终因力量悬殊，遭敌包围而被俘。1935 年 8 月 6 日，王如痴和方志敏一起在南昌英勇就义。

在普通囚室住了一段时间之后，南昌军法处副处长钱协民再次出面，亲自把方志敏"请"到了"优待室"。

钱协民还是一副笑容可掬，假装和善的嘴脸："咱们这是模范监狱，就这一个特殊单间，上峰指示让您住，这是多大的优待呀！来，请！慢点慢点……上峰的一片美意，希望你能感受得到。"

这间囚室，四壁都用白纸裱糊过，虽过时已久，裱纸变了黯黄色，有几处漏雨的地方，起了大块的黑色斑点；但有日光照射进来，或是强光的电灯亮了，这室内仍显得洁白耀目。对天空开了两道玻璃窗，光线空气都不算坏。对准窗子，在室中靠石壁放着一张黑漆色长方书桌，桌上摆了几本厚书和墨盒茶盅。桌边放

The Faithful

着一把锯短了脚的矮竹椅；接着竹椅背后，就是一张铁床。骤然跑进这间房来，若不是看到那只刺目的很不雅观的装马桶的白方木箱，以及坐在桌边那个戴着铁镣一望而知为囚犯的方志敏，或者有人会觉得这不是一间囚室，而是一间简陋的书房了。

就连方志敏自己也觉得，比起那潮湿污秽的普通囚室来，这里简直是天堂了。关于这间"优待室"的具体情形，他在《可爱的中国》一书中有详细的描述。

"能多给我一些纸墨吗？"走进囚室之前，方志敏问钱协民。

"能，要多少给多少，只要你能悔过，自新，觉悟。"钱协民满口应承。

以前跟三个同伴同住，每天谈谈讲讲，倒也颇觉容易度日。现在"优待室"虽然条件好点，但孤零一人，也深感寂寞。之前王如痴还想办法弄了一盒烟卷，烦闷的时候抽两口。方志敏不会抽烟，也不会喝酒，能使他忘怀一切，度过孤寂的牢狱生活的，只有读书。

　　他从监狱里的其他难友手里借了不少书，本来就酷爱读书的方志敏，此刻觉得书籍简直就是医生手里止痛的吗啡针，看到津津有味处，精神上的愁闷和肉体上的苦痛，都暂时地麻痹了，就连沉重的脚镣，也不那么压脚了。

　　毕竟身体虚弱，有时候连看几个钟头的书，方志敏就会剧烈地头疼。他常常把双肘支在桌子上，抱着头，忍受着一波一波由里到外的胀痛，继续坚持看书。他恨自己日渐衰竭的体力，疼得实在受不了，就咬紧牙关自言自语："尽你痛！痛！再痛！脑溢血，晕死去罢！"

　　一直到头疼得实在无法坚持，他才站起来，在囚室内来回踱踱步，或者躺在铁床上，闭上眼睛养养神。

　　有时候外面下雨，雨点淅淅沥沥地打在铁窗上，他站在窗口望着窗外那么一小块沉闷的雨天出神。窗外有一株柳树，一半已经干枯，一半还保持着顽强的生命力，生长出一簇浓绿的柳叶。

The Faithful

看着这株一半枯枝，一半绿叶的柳树，方志敏能想象此刻在和暖的春风中，漫山遍野的树木已经长出艳绿的新叶，他的心也感受到了一点春意。

春天来了！

作为最重要的一个囚犯，每天换班的看守都会推开门来看他一眼，检查一下是不是一切如常。他们总是看到方志敏坐在桌前，不是在读书，就是在写作。

时间每天都在流逝，在这监狱的牢笼里，时间似乎又凝固不动了，方志敏的生活，就这样一天又一天地重复着。

在这样寂寥的日子里，方志敏倒能静下心来，好好地梳理和回顾一下自己的革命历程。

"我出生在一个黑暗的时代，受封建势力和帝国主义的双重压迫，民不聊生。高小毕业后，由于生活拮据，我只能去教会学校学习，主要想学习英文，这期间我读到了英文版的《共产党宣

言》《资本论》。我是一个光明的渴求者，新的思潮触动了我的内心，我把《共产党宣言》翻译成中文供人阅读，并开始探索解救中国的道路。1924年我加入中国共产党，受党的派遣，我于1927年底，在弋阳横峰领导武装起义，建立了横跨闽浙赣皖四省边界的苏维埃革命根据地。"

方志敏的书法，笔力遒劲、端庄隽美，字字句句，凸显着一个共产党人真挚的情感和坦荡的内心。随着自己写下的文字，他的思绪回到了家乡江西弋阳。

为着阶级和民族的解放，为着党的事业的成功，我毫不希罕那华丽的大厦，却宁愿居住在卑陋潮湿的茅棚；不希罕美味的西餐大菜，宁愿吞嚼刺口的苞粟和菜根；不希罕舒服柔软的钢丝床，宁愿睡在猪栏狗窠似的住所！

——方志敏

《可爱的中国》囚室一段

这间囚室，四壁都用白纸裱糊过，虽过时已久，裱纸变了黯黄色，有几处漏雨的地方，并起了大块的黑色斑点；但有日光照射进来，或是强光的电灯亮了，这室内仍显得洁白耀目。对天空开了两道玻璃窗，光线空气都不算坏。对准窗子，在室中靠石壁放着一张黑漆色长方书桌，桌上摆了几本厚书和墨盒茶盅。桌边放着一把锯短了脚的矮竹椅；接着竹椅背后，就是一张铁床；床上铺着灰色军毯，一床粗布棉被，折叠了三层，整齐的摆在床的里沿。在这室的里面一角，有一只未漆的未盖的白木箱摆着，木箱里另有一只马桶躲藏在里面，日夜张开着口，承受这室内囚人每日排泄下来的秽物。在白木箱前面的靠壁处，放着一只蓝色的瓷制痰盂，它像与马桶比赛似的，也是日夜张开着口，承受室内囚人吐出来的痰涕与丢下去的橘皮蔗渣和纸屑。骤然跑进这间房来，若不是看到那只刺目的很不雅观的白方木箱，以及坐在桌边那个钉着铁镣一望而知为囚人的祥松（祥松，即方志敏自己），或者你会认为这不是一间囚室，而是一间书室了。

1930年，暖春四月，正是农民忙着插秧的时节。微风穿过山谷，吹拂着青绿色的稻田，绿树成荫，风景如画，水面澄澈如镜，一只白鹭站在黄牛身上，啾啾叫着，不时低头帮它啄食身上的小虫。人们一边干活一边唱歌，一切都充满了诗情画意。这样的安宁祥和的生活，在战乱年代，更显得无比珍贵难得。

1930年 江西 弋阳

方志敏一身白衫，卷着裤腿，正在跟老乡们一起干活。

"方主席，请喝水。"一位老乡递过来一只盛满泉水的粗陶碗。

"哎，谢谢！"干了半天活儿，方志敏刚好也渴了，他接过碗"咕咚咕咚"喝了几大口。

刚放下水碗，又有人递上毛巾："您擦擦汗。"

方志敏一迭声地道谢，接过棉布汗巾，认真地拭去脸上的汗水。

The Faithful

"志敏——志敏——"又有人在水田边叫他，听声音他就知道，是妻子缪敏来了。方志敏顺手将稻秧递给一个大姐，从窄窄的田埂上跑到田边，把一双湿手在衣襟上蹭了蹭，拉起妻子的手。

两人踱着步往回走，缪敏有点忧心地说："这么好的稻田，分给农民都不敢种，怕地主报复。"

闽浙赣省苏维埃政府主席 方志敏

中共闽北省委秘书长 方志敏之妻 缪敏

方志敏在江西省农民协会用过的办公桌、办公橱

因受当时共产党中央消极领导影响，方志敏在省农协工作时未能深入基层实际工作"只批批各县来的'等因奉此'的官样公文"。对此，方志敏深感遗憾，并对陈独秀的机会主义错误进行了无情的批驳。

"马上就要颁布苏维埃临时土地分配法，这些广大的农民兄弟们，很快就会相信是真的了。"

缪敏又告诉他："你把五叔的地给分了，他准备去南京国民政府告你去。"方志敏的五叔方高雨是当地的一个小地主，对农民运动非常抵制。

"好啊！就让他去告，替我们宣传，让所有人知道在苏维埃的土地上，只有农民才是真正的主人。"

看到丈夫的决心，缪敏赞许地点点头，说："现在农民的积极性很高啊！从心里很依赖咱们红军。"

两人一路走，沿途看着老乡们热火朝天地劳动，方志敏满怀

闽浙赣省苏维埃政府旧址

位于江西省横峰县葛源镇枫林村。1932年12月，闽浙赣省苏维埃政府成立，方志敏任主席，下辖3个分（特）区和32个县级苏维埃政权。苏区各项事业蓬勃发展，进入鼎盛时期。

The Faithful

喜悦，信心满满地说："在这片苏维埃的土地上，我想做好这片试验田，也许就有机会改变中国。"

在苏维埃政府办公的"一字形"小院子里，红军召集乡民开会，讨论苏维埃土地分配方法。院子里挂着两个红色条幅，上面贴着黄底黑字的标语，写着"工农民主专政反帝反封建""劳动人民当家做主"，十分醒目。

乡亲们坐满了一院子，叽叽喳喳地议论着，几个地主乡绅坐在前排。

方志敏来了，几位红军干部起身致意，乡亲们也都安静下来，会议正式开始了。

一看方志敏来了，他五叔方高雨沉不住气了，率先发言，他用戴着翡翠戒指的手握着拐杖上的龙头，对着老乡们喊："乡亲们，我说两句。"

然后转过头来，瞪着方志敏，一字一顿地吼道："你们分我的地！让我怎么生活啊？"

信江特区苏维埃临时土地分配法
（1929 年 11 月 12 日）

关于如何平均分配土地，信江特区苏维埃特制定《临时土地分配法》。现布告周知。

（一）没收豪绅地主和一切封建祠堂庙宇的全部土地，以村为单位按人口平均进行分配。

（二）凡不反对苏维埃政权者均有分得土地之权。

（三）在谁种谁收的基础上，抽多补少，抽肥补瘦。雇农、贫农和红军家属分好田，豪绅地主分坏田。不会失业的农村手工业工人本人不分田。

主席　方志敏

"五叔！"方志敏试图制止他。

"我不是你五叔！"

当时在红军学校第五分校任教育长的曹仰山说："政府会根据临时土地分配法规定，按照你家的人口数给你们分地，做到人人有地种。"

听到这话，坐在前排的几个地主像是听到了什么滑稽的笑话，忍不住笑了起来。

"种地？我不会种地。"一个地主说。

方志敏义正词严地告诉他："在苏维埃土地上，没有不劳而获。"

"对！为什么就该你们地主享福，让我们老百姓受罪？"有个乡亲站起来，大声责问地主。

"对！对！"底下一片应和声。

五叔方高雨又站起来了，气急败坏地大吼："种我的地，就要养活我！"他气得一边说一边用拐杖把地砸得"咚咚"响。

"还有你！"他又冲着方志敏发火："我看着你长大，供你上学，指望你光宗耀祖，你可好……"

"你那是剥削。"特派员吴天来打断他。

"剥削？这对我们做生意的人，又怎么说呢？"一个穿着紫色长衫的老者摇着纸扇，慢条斯理地开了口。

方志敏回答他："按照苏维埃政府的法律交税，你可以继续做你的生意。"

"凭什么给你们交税？"老者气哼哼地反问。

"交什么税啊？"后面几个地主也嚷嚷。

吴天来厉声说："你们骑在老百姓的头上作威作福，现在坐下来和你们平等商量，已经是对你们的宽大。"

"呸！宽大？"方高雨听不下去了，他往地下啐了一口。

"放肆！"吴天来一拍桌子站了起来。

"你还放五呢？"方高雨也毫不示弱地站了起来，指着吴天来

的鼻子，"小子，你！"又指向方志敏，"你，等着瞧！"

方高雨说完就转身走了，这可把吴天来气得不轻，"你，我要革你的命！"他冲着方高雨的背影喊。

"老五——"坐在方高雨身边的一个地主喊他，他也不搭理，头也不回地离开了会场。

"好啦！"看到吵得不可开交，方志敏气得也拍了桌子，他站起来说："不管他了，继续讨论。"

"我想问，我们要是交了税了，是不是就能够正常地去做生意了呢？"摇扇子的紫衫老者又问。

方志敏给他吃了定心丸："我是苏维埃主席，我以政府的名义向你们保证。"

老者和周围几个地主窃窃私语。方志敏回头吩咐：

The Faithful

"乔英，你把发行股票的事情，跟大家说明一下。"

"好！"乔英答应着，轻快地走到会场中间，扬着手里的股票，向大家宣传："乡亲们，这是我们苏区平民银行印制的股票。我们是第一次发行股票，没什么经验，但是，为了苏区的建设，希望大家踊跃购买。"

散会后，方志敏单独去做他五叔方高雨的思想工作。他把苏区银行印制股票的政策详细地给五叔讲了一遍，希望他能深明大义，支持苏区的经济建设。

顽固的五叔根本就不买这个账。

"购买？"他瞪着眼珠子说，"你把我地分了，把我家分了，我拿什么购买啊？"

方志敏耐心地解答："用你打下的粮食换，折算成钱。"

"真会开玩笑啊？用我打下来的粮食换成钱，换这个？就这个？这是什么？"方高雨划着一根火柴，把股票点着了，这簇火焰也点燃了方志敏的怒火，他竭力克制着。

红色股票

早在土地革命战争时期，中国共产党人就尝试使用金融工具为红色根据地的建设服务。1928年在广东海丰县建立了一家银行并发行银票，1932年在中央苏区建立了国家银行并发行货币，第一任行长是毛泽民。但鲜为人知的是，1933年方志敏在闽浙赣苏区成功发行了闽浙赣省苏维埃银行股票，这是红色政权正式发行的第一只股票。

红色股票的设计和成功发行是一种金融创新。它的发行具有重要的意义，一方面，政治上与中央苏区银行的主要任务相一致，即为了支持革命战争，为第五次反"围剿"准备财力，利用经济的方法扩大根据地的政治影响力，它是以广大工农群众积极响应苏维埃政府为夺取革命战争胜利的经济动员为基础；另一方面，在经济上保障了苏区银行的信用及其发行的纸币的信誉，提高了银行的资本充足率，增强其宏观调控功能，调节苏区的货币供应量，使得苏区经济得以平稳健康发展。

The Faithful

"看看，看看，这就是共产党的钱，一点就着，这是什么玩意儿啊？看看这个吧，哈哈哈，蒋介石的钱，银的，硬货币。"方高雨边说边从怀里掏出一枚银元，用手指捏着，在方志敏眼前晃悠。

"太过分了！"方志敏忍无可忍，拍案而起。

"我看过分的是你！你这样做，会给方家带来灾难，会诛灭九族，不，十族，还有你的师门。哼！"方高雨冷哼一声就自顾自地走了，扔下方志敏一个人站在那里。对于自己五叔的冥顽不灵，他感到十分痛心和无奈。

面对五叔这样的顽固派带来的层层阻力，下一步，怎样顺利开展土地革命，带领贫苦农民与地主展开斗争；怎样进行根据地的经济与财税建设；怎样打破敌人的经济封锁，保护贸易自由，允许外来经商，繁荣市场。这一系列的问题，都需要方志敏进行

深入的思索和大胆的创新实践。

正如方志敏所写过的："想出许多有效的新方法来解决困难。如解决被敌人严密封锁的经济问题……还解决其他许多重大问题，都不是照抄前例的，而是用前所未有特创的新方法去解决的，表现出苏维埃惊人的创造力量！"

第二天，方志敏带着警卫员出去办事，路过一个房间，突然发现里面关着人，一个战士站在门口看守。

在根据地，不会无缘无故地抓人，方志敏感到很奇怪，驻足询问："里面关的什么人？"

战士敬了个军礼，立正回答："报告主席，里面关的是两个洋人，特派员说先押着。"

方志敏推开门，里面果然关着两个金发碧眼的年轻男子。两个人正抱着头苦闷地趴在桌子上，看见有人进来，惊慌失措地起身，戒备地站到桌子后面，紧张地盯着方志敏。

见他们害怕，方志敏用英语和蔼地问："你们是哪里人，来这里做什么？"

The Faithful

"他会说英语。"一个男子小声对同伴说。

一看可以交流，其中一个人壮着胆子说："我们是英国绅士，来景德镇做瓷器生意。"

对方特意强调了自己是绅士，是好人！

为了安抚他们的情绪，方志敏微笑着告诉他们："不要害怕，我们苏维埃欢迎做生意的人。没有吃饭吧？"

两人对视了一眼，其中一个人惴惴不安地问："你们会杀了我们吗？"

突然被抓到军营里来，目前他们最关心的问题，不是肚子饿不饿，而是命还能不能保住。

方志敏笑了，转身喊道："来人。"

"到！"警卫员进来了。

"去准备一些水和食物给他们。"

"是！"

看到两人实在惊恐，方志敏客气地说："请坐。"然后他便转

身出去，决定马上处理这件事。

回去以后，方志敏就冲吴天来发了脾气。

"必须放人！"他双手插着腰，斩钉截铁地说。

吴天来不乐意，赌气似地说："他们骗取老百姓的血汗钱，得让他们吐出来。"

"我们是共产党，不是土匪。"

"我怀疑来苏区的每一个外国人都是特务，我不枪毙他们，已经算便宜他们了。"吴天来气呼呼地说。这个年轻的中央特派员，立场坚定，干劲十足，但有时候考虑问题有点简单。

方志敏坐下来，耐心地开导吴天来："你要用你的大脑思考，我们在苏区的工厂，由于国民党的封锁，欠缺的是技术设备，我需要和他们做生意。"

没想到这句话却把吴天来彻底惹火了，他站起来大喊："你现

The Faithful

在思想越来越有问题，简直是和共产国际唱反调。"

　　他气得伸手指着空气，好像在指着"帝国主义"，说："土豪资本家你不让打，现在还要和帝国主义做生意。"

　　方志敏反驳他："如果我们每到一个城市，就把大大小小的资本家全都打跑了，造成工厂关闭，工人失业，你认为可行吗？"

　　"你……"吴天来气结，一时又想不出辩驳的话，看见方志敏要出去，急得大喝："你去哪？"

　　"和他们谈生意，放人。"方志敏撂下一句话。

　　"方志敏！"吴天来真是气炸了，他解下腰里的枪，"啪"一声拍在桌子上，厉声大喝："我要解除你的职务。"

　　"吴天来！"方志敏也气坏了，他停住脚步，转身反驳道："你是在共产国际工作过的，是中央特派员，我尊重你，但我现在就可以告诉你，你认为中央政府会同意你的做法吗？"

　　说完，方志敏就怒气冲

冲地走了。

回忆起这段时期，方志敏在狱中写道："为了打破国民党对苏区的封锁，我极力推行与白区民众做生意，免除他们一定的税收，这样不仅能盘活苏区的经济，也能不断改善群众的生活。"

尽管工作开展得很艰难，有敌人的经济封锁，有地主等顽固分子的抵抗，有同志的误解，但在方志敏的不懈努力下，苏维埃政府还是正式公布了贸易政策并不断完善。保护贸易自由，允许外来经商，开辟市场，并在根据地内外进行广泛宣传。同时实行较低的商业税率，群众生活用品的税率一般为5%，有些只征3%，粮食买卖还不收税，吸引了许多外地中小商人来根据地经商，市场越来越繁荣，商业税收也成为根据地税收重要的组成部分。

苏区的经济形势越来越好了，然而，方志敏却越来越节俭，他尽量节省各项开支，每年都要上交资金给中央苏区。他经常对身边的同志说："中央苏区大，开支也大，经济来源有限，要尽可能地支援中央苏区。"他身边的工作人员，也都将艰苦朴素的奋斗精神发挥到了极致，往往只用少数的经费，办成很多实事。

The Faithful

　　6月的初夏季节，早稻已经开始抽穗了。在郁郁葱葱的树木环绕下，一片片稻田如同碧绿的地毯，在阳光的照耀下，绿得油亮油亮的，这绿色映着万里无云的蓝天，就像一副浓墨重彩的水墨画，颜色鲜亮得让人一看就心生喜悦。饱满的稻穗在微风中轻轻摇曳，看着它们，人们的心头也升腾着希望。

　　"方主席，这是给中央苏区送的金条和银元汇总报表。"在稻田边，乔英把手里的账簿递给方志敏过目。在她身后，战士们正挑着一担一担的金条和银元集合，准备送往中央苏区。

　　这次的运送任务由曹仰山亲自带队，他也过来同方志敏告别："方主席，我们出发了。"他同时敬了个军礼。

方志敏郑重回礼，再次叮嘱："不能有半点闪失，通过封锁线的时候，一定要小心！"

"记住了！"

曹仰山深知自己责任重大。从各根据地往中央苏区运送物资，向来都是一个极其艰巨的任务。他们这一路，必须要冲破敌人的白色恐怖和重重障碍，克服种种想到的和想不到的困难，化解种种意外，将款项和物资顺利送到中央。这些钱和物资，不仅是根据地军民的血汗，更是革命最重要的保障，他们为此不惜献身、前赴后继，这些运送物资的红军指战员，包括沿途交通线上的交通员，堪称是中国革命史上的无名英雄。

"报告。"方志敏正在办公室里看地图，乔英拿着一纸电报进来了。

方志敏看完电报，起身送到吴天来手里，说："他们又来了，天来，你看。"

吴天来正在擦拭他心爱的手枪，放下枪接过电报，这是中央苏区发来的一级绝密电报，上书"近期国民党部队正在向我闽浙赣根据地进行大规模行动。"

"正等着他们呢，瑞金那边的压力也很大呀。"看完电报，吴天来说。

"方主席，那我先走了。"乔英敬了个军礼就先出去了。

看着乔英的背影，方志敏突然想起一件事，他问吴天来："天来，上次缪敏让我给你牵线的事情，怎么样了？"

"什么怎么样了？"吴天来装糊涂。

"乔英啊。"

"革命不成功，我不考虑这样的问题。"吴天来又开始摆弄枪。

"你可别断了革命的香火。"方志敏半开玩笑地说。

吴天来顾左右而言他："你啊，还是考虑考虑围剿我们的敌人吧。"说完拔腿就走了。

方志敏无奈地摇了摇头，又坐回到他的小方桌前研究地图。

一会儿，吴天来又磨磨蹭蹭地回来了，"咳"，他假装干咳了一下，"哎，对了，你是不是想让乔英来监视我？"

"哎，你怎么能怀疑一切呢？"方志敏都快被气笑了。

吴天来也觉得自己有点无理取闹，他张张嘴，也说不出什么，索性又转身走了。

　　傍晚时分，红军战士押送着几个垂头丧气的国民党俘虏从小路上经过，在刚刚短兵相接的一场战斗中，红军大获全胜。

　　一个戴着黑色礼帽的精干汉子，带领着几个老百姓模样的人来见方志敏。

　　"方主席，这些都是我们的同志。"

　　方志敏赞扬大家："你们辛苦了，这次你们提供的情报，趁国民党主力在外线清剿，正好拔掉了这根钉子。"

　　原来这几个人，都是我党安插在白区的地下党员。

　　"他们只要一出动，我们就能立刻收到情报。"

　　"好！"方志敏非常高兴。

　　在发展苏区经济建设的同时，方志敏集中开展整军运动。经过整训部队，使独立团变成军纪严明的精锐部队，经常打胜仗，

The Faithful

消灭了许多靖卫团，也打败了很多国民党队伍。他还首创了地雷战，把人民战争提高到新水平，苏区群众武装在 1932 年内仅埋设地雷就毙敌 3000 多人。

这时一个通讯兵策马而来，看见方志敏，急忙跳下马，小伙子赶路赶得满脸都是汗，一看就有紧急军情。

"报告方主席，保安团打进了葛源。"

"集合部队！"方志敏迅速下令。

"是！"

从 1928 年开始，国民党就纠合当地的反动地主武装——各种"靖卫团""保安团"等，向弋阳、横峰地区大举进攻，疯狂镇压农民运动。

此刻保安团打进了葛源，把老百姓都抓了起来。

"走——"一个国民党士兵端着枪，伸腿在农民背后踹了一脚。

"快点！"国民党士兵们对村民推推搡搡，把他们都赶到方志敏家的老宅里，逼着他们抱头蹲下。

院子正中摆了个边桌，一个国民党军官坐着喝茶，坐在另一边的人，竟然是方志敏的五叔方高雨。原来这次是他勾结国民党军队，抓捕共产党干部。

一个年轻人从人群中被猛地推了出来。

"村干部，共产党。"方高雨立刻指认。

"你们与苏维埃为敌，不会有好下场的。"

"放屁！"方高雨破口大骂。

砰！

方高雨话音还未落，国民党军官抬手就是一枪，年轻人胸口中枪，仰面倒下。

"都看看，谁不会有好下场？"国民党军官冷笑着说。

The Faithful

　　方高雨吓了一跳，村民们也一片惊呼。一条鲜活的生命瞬间就没了，看着这个年轻后生一声未吭就倒地身亡，胸膛上那个红色的弹孔，汩汩地流着鲜血，就像一只血红的眼睛在瞪着他，方高雨心里也有几分惊惶和害怕。但这也让他更加迅速地摆好了自己的立场。

　　"看见了吧，这就是共产党的下场！跟共产党干，就要灭九族，还得跟国民党干。我，方老五，不徇私情，现在就把方志敏的房子统统烧了。"

　　保安团放了一把火，把方志敏的家烧得干干净净。

　　"不好啦，共匪杀过来啦。"保安团正在大发淫威，不知道谁喊了一嗓子。方志敏亲自带队而来，保安团仓促应战，双方立马交上了火。

　　战斗持续了很久，保安团渐渐不支。看着自己带来的兵在身

方志敏故居

　　1899 年 8 月 21 日，方志敏出生在中国江西省弋阳县漆工镇湖塘村的一个农民家庭。

边一个个倒下去，机枪的子弹也渐渐打光了，国民党军官狗急跳墙。他看到红军骑兵战士十分骁勇，就拔出手枪跳出战壕，对着骑兵一通乱打，立刻有两个战士中弹落马。

　　一个战士挥舞着战刀策马向他奔来，他立刻调转枪口，还没等瞄准，战士手起刀落，一刀结束了他的性命。

The Faithful

一群乌合之众，如今没了领头的，很快就全军覆没。

方志敏带兵在前线打仗的时候，身为中共闽北省委秘书长的缪敏，带领大家把伤员抬下火线，把粮食和物资都转移到山里。

结束战斗的方志敏站在树林里等她。缪敏挂着一根木棍走过来，步履十分沉重，看见方志敏，几乎站不住了，方志敏急忙上前一步搀扶住她。

"都转移了？辛苦你了。"方志敏抚了一下妻子的头发，心疼地说。

缪敏脸色苍白，微笑着摇了摇头。她身体虚弱，组织和领导这样高强度的转移任务，确实感到特别疲惫。

曹仰山过来汇报伤亡情况："方主席，我方伤亡三十五名，大队长阵亡，骑兵连长阵亡。"

虽然在战火纷杳的时局下，每个人都得强忍悲痛，继续战斗，但其实每一次听到战友伤亡的消息，都是无法避免的心理创伤。

缪敏担忧地看了看丈夫，果然，方志敏的脸色十分难看，他重重地叹了一口气。

战争如此残酷！

保安团战败，五叔方高雨也被抓捕回来了。

方高雨破坏农民运动，抵抗苏区的经济政策，勾结国民党军队残害共产党员，桩桩件件都罪不可赦。

但是由于他的特殊身份，对于他的处理，就变得特别棘手。他是方志敏的亲叔叔，毕竟血浓于水，一看方志敏真的要处死方高雨，方志敏的父亲第一个出来求情，给方志敏带来很大的压力。

看到方志敏如此铁面无私，连亲爹的面子都不给，最后，他的老祖母出面了。

耄耋之年的老人，踮着小脚，颤颤巍巍地找到方志敏，双膝一屈，给他跪下了，泣不成声地百般哀求。

方志敏肝肠寸断，赶紧也跪在地上，扶奶奶起来，安慰了奶奶很久。

可恨的是，方高雨到最后一刻都没有觉悟，虽然被五花大绑，他仍然走到方志敏面前，恶狠狠地诅咒："大侄子，你们不会

成功的，这样会灭方家的九族！"

方志敏百感交集，事已至此，多说无用。他转身走了几步，背对着自己的叔父。

"执行。"他低声命令。

枪响了。

这件事震动了整个弋阳。地主恶霸们本来都在观望，眼巴巴地盯着方志敏，看他能不能下决心严惩亲叔叔。方志敏真把方高雨给枪毙了，这些人个个吓得面无人色，嚣张气焰一下子都没了，土地革命运动蓬勃地开展起来。

穷苦百姓更是看到了方志敏领导穷人干革命的决心，孩子们开始漫山遍野地唱："湖塘塌塌岭，出了个方志敏；一心干革命，为的是救穷人。"

我们今日站起身来，向社会要求恢复我们人的地位，取回我们失去了的权利；同时，我们准备牺牲一切，参加革命斗争，以求民族的和本身的解放。

——方志敏

　　草木繁茂，流水潺潺，看着窗外的景色，缪敏却感到一丝愁绪攀上心头。

　　她正在整理东西，把几件小孩的衣物放进一个小藤箱里。他们太妻忙了革命工作，几个孩子都秘密地寄养在老乡家里，平时难得一见。亲生骨肉聚少离多，做母亲的心里难免不是滋味。

　　看见丈夫进来，她忧伤地说："几个孩子在老乡家都快不认识我了，我去看他们，他们还认生呢！小梅病得也很厉害，我已经找了郎中，咱们的孩子隐姓埋名，却又不能跟我们生活在一起，这日子什么时候是个头啊？"

　　方志敏柔声安慰她："这样的日子不会太久的。"

The Faithful

"你说咱们的孩子，将来会过上什么样的日子？"缪敏问。

方志敏满怀希望地憧憬着："他们会生活在自由、民主的国度里，那里没有压迫，没有帝国主义的侵略，我在上海公园看到的'华人与狗不得入内'的牌子，那种耻辱一去不复返了，在苏维埃的土地上，人民可以真正地当家做主。"

听到方志敏畅想的未来，缪敏的眼睛里也有了光。

窗外风起云涌，大片大片的云朵遮掩着蓝天，一道彩虹努力在阴云中探出头来，将七彩的光芒投向大地。

吴天来站在河边，看战士们在对岸练习打靶，乔英跑来找他，两人互敬军礼。

"特派员，下午四点有重要会议，方主席让你参加。"正说着话，对岸突然传来枪声，乔英没有心理准备，下意识地捂了一下耳朵。

"会打枪吗？"见她这样，吴天来问。

乔英腼腆地摇摇头。

吴天来说："不会打枪，怎么能保护自己？"

他从腰里的枪套中拿出手枪，递到乔英面前："我教你。"

乔英接过枪，枪口冲着自己。

"枪不能那么拿。"吴天来赶紧制止。

"把枪给我，我把枪上膛，让你体验一下。"吴天来把子弹推上膛，又把枪递回给乔英。

乔英第一次打靶，手有点抖，吴天来握住她的手，帮她稳住，耐心指导："来，这、这，和靶心三点成一线，把手扣在扳机上，听我的命令，一，二，三！"

"啪！"乔英扣动了扳机，她有点兴奋。

The Faithful

亲爱的朋友们，不要悲观，不要畏馁，要奋斗！要持久的艰苦的奋斗！把各人所有智慧才能，都提供于民族的挽救吧！

——方志敏

1931年11月7日，第一次中华工农兵苏维埃全国代表大会在瑞金召开，选举毛泽东为中华苏维埃共和国中央临时政府主席。方志敏没有参加这次大会，但被选为中华苏维埃中央临时政府执行委员。在会后召开的临时中央政府执行委员会会议上，方志敏又当选为执委会主席团成员。

喜讯传来，刘畴西马上组织召开大会，向闽浙赣苏区全体指战员宣读这一任命。

刘畴西喜上眉梢，他声音洪亮地宣布："首先，我告诉大家一个好消息，方志敏同志当选为中华苏维埃中央临时政府执行委员，主席团成员。"

The Faithful

"好——"同志们大声地欢呼，热烈地鼓掌。就连总是不苟言笑的吴天来，脸上也有了笑意。

方志敏走到台上，向大家敬礼。

刘畴西继续宣读："方志敏同志，中华苏维埃全国第一次（工农兵）代表大会授予你红旗勋章一枚，并授红十军全体将士锦旗一面，以褒奖为苏维埃政权而艰苦奋斗的英勇战士！"

大家再次激动地欢呼、鼓掌。

刘畴西将勋章佩戴在方志敏胸前。

中华苏维埃中央政府
授予方志敏的红旗勋章

红十军军旗

　　这是方志敏的荣誉，也是整个红十军的荣誉，是中央对方志敏及红十军为革命作出的贡献的极大肯定。

　　自从1927年，方志敏回到家乡弋阳开展土地革命以来，他把马克思主义普遍真理与赣东北实际相结合，创造了一整套建党、建军和建立红色政权的经验。苏区表现出"惊人的创造力量"，创造了勤勤恳恳为苏维埃事业服务的赣东北党组织；创造了以"农民革命团"为组织形态的武装力量和红色政权；创造了作风过硬的红十军以及一整套机动灵活的战略战术原则；创造了富有成效的土地革命的方式策略。

　　同时，在经济和文化建设方面，方志敏也做了大量的工作，他倡议和领导设立了红军大学五分校、列宁师范、女子职业学校、合作总社等，兴办了煤矿和木炭、炼铁、兵工、地雷、造纸、制糖、榨油、被服、农具等工厂。

　　闽浙赣苏区的许多做法被其他根据地借鉴，因此被毛泽东誉为"模范苏区"和"方志敏式根据地"。

The Faithful

1933年，日军大举入侵华北，中华民族危机日益严重，然而国民政府军事委员会委员长蒋介石却置民族危亡于不顾，仍然坚持推行"攘外必先安内"的反动方针，决心消灭共产党及其领导的红军。1933年9月，蒋介石调集约50万兵力，围攻中央革命根据地。由于"左倾"冒险主义的错误领导，红军节节失利，苦战一年也未能打破敌人的第五次"围剿"。到了1934年初夏，中央苏区已由原来的纵横各近千里，缩小到各三百余里，军事形势十分危急。于是，同年5月中共中央决定将主力红军撤离中央苏区根据地。

一方面为了抗日的需要，率先举起抗日大旗，宣传和推动抗日救亡运动；另一方面为了调动和牵制敌人，减轻国民党军队对中央根据地的压力，并准备战略转移，中共中央和中革军委决定组织两支部队，一支北上，一支西进。北上的这支部队就是中国工农红军第十军团。

红军北上抗日先遣队经过路线要图

（1934 年 11 月 18 日—1935 年 1 月 29 日）

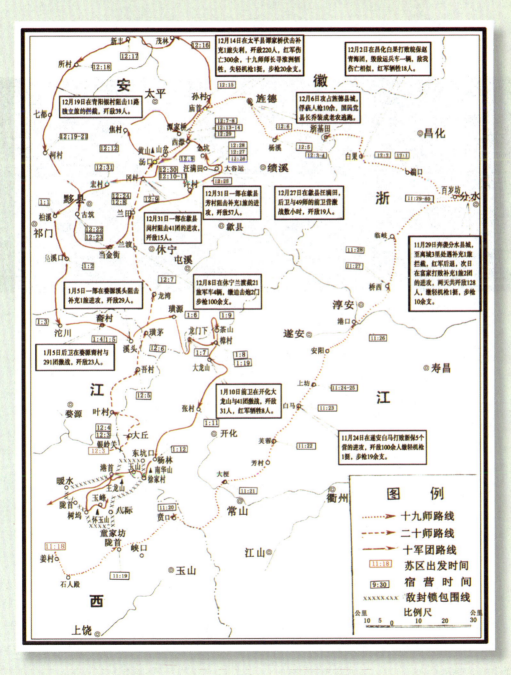

是夜，方志敏正在灯下写公文，一瓶"弋阳烧酒"放在了他的小办公桌上。他抬头一看，是吴天来。

"想喝酒啊？"

"今天你在会议上，一锤定音，坚决执行中央命令，掷地有声，我佩服，来，方主席，我敬你！"吴天来一边说，一边从竹筐里拿出两只碗，一只放在方志敏面前，一只放在自己面前。他满斟了两碗烧酒，端起来敬方志敏，两人碰杯，都仰头干了。

与方志敏搭档的这几年，虽然吴天来对方志敏的很多做法都不理解，两人常有争执。但是随着时间的推移，他越来越能感受到方志敏坚定的革命信仰，以及顾全大局，毫不利己的胸怀。

撂下碗，方志敏说："这次中央派我们出征，离开苏区，很多人有意见，你这个特派员，可要做好解释工作。"

"你说，红七军团和红十军组成的抗日先遣队，究竟要打到哪里？"对于中央军区的战略意图，此时很多红军指挥员还不是特别明晰，吴天来也感到迷茫。

"从第五次反围剿以来，中央苏区根据地越来越小，局势很危险。"

"危险？我们离开赣东北，这里没了我们才危险，我们会失去这片根据地。"吴天来的担忧不无道理。

"中央苏区的危险不减，我们各个根据地会更危险，只有我们杀出去，跟敌人决战，中央苏区的危险才能够解除，来！"方志敏再次端起碗，两人又干了一碗。

"我们就像一把尖刀，直插蒋介石的腹地。"喝了酒之后，方志敏的脸色有了点难得的红润。他何尝愿意离开自己苦心经营建设多年的根据地，这里的一草一木都是他心血的结晶，但是为了革命的大业，为了分担中央苏区的压力，他宁愿做一把锋利的匕首，刺向敌人的心脏，投身到艰险的征战中。

The Faithful

　　方志敏的住处炊烟袅袅，傍晚，他烧了满满一桶热水，帮妻子缪敏洗头发。

　　缪敏用毛巾擦干头发，幽幽地问："把女同志全部留下，很危险，是吗？"

　　"闹革命嘛，哪有不危险的！"方志敏故作轻松地说。

　　"那你带我走，我行。"

　　"你要给大家做个样子，送我出征，你应该高兴才对。"

　　缪敏怎么能高兴得起来？

　　她从一只旧木匣子里拿出一块粗布手帕，在这块白色的手帕上，缪敏亲手绣了一颗红心和一个"敏"字。她抚摸着这个"敏"字，

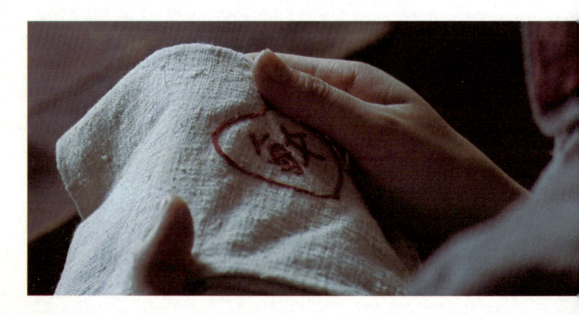

看看门外正在劈柴的丈夫，一幕幕往事涌上心头，忍不住泪如雨下。

1926年，缪敏在中共江西省委一个秘密机关担任交通员，在工作的接触中，她与时任中共江西省农委书记的方志敏互相产生了爱慕之情。1927年，在白色恐怖之下，党组织安排方志敏隐蔽在南昌市黄家巷31号党的秘密机关里，派缪敏担任方志敏的交通员，与外界保持联络。一次，时任全国农协会秘书长的彭湃秘密来到南昌视察，也住进中共江西省委的秘密机关里，发现方志敏、缪敏心心相印，就决定做个媒人。彭湃风趣地对方志敏说："共产党人又不是和尚，紧急时刻献衷情，只有革命者才能做得到。来得早不如来得巧，就让我做个证婚人吧。"在彭湃的撮合下，方志敏和缪敏明确了恋爱关系，并举行了婚礼。婚礼前，工作人员买来了红纸，彭湃欣然挥笔，写下一幅喜联："拥护中央政策，努力加紧下层工作；准备流血牺牲，方缪双方奋斗到底。"

本应甜蜜的新婚之夜，方志敏却参加了整整一夜会议，研究下一步的工作。新婚三天后，方志敏就要赴赣西开展农运工

彭湃（1896—1929）
广东海丰人，中国共产党早期农民运动的主要领导人之一，广东海陆丰农民运动和革命根据地的创始人。1926年5月1日，这天的广东省第二次农民代表大会由彭湃主持，方志敏回忆："我从彭湃同志的谈话、演说、报告中，学到不少农民运动的方法。"1929年彭湃在上海牺牲，方志敏称赞彭湃："他的名字，是永远在中国革命历史上辉耀着。"

The Faithful

作，缪敏恋恋不舍地将丈夫送出了南昌城。

结婚几年来，夫妻二人聚少离多，为了革命各自奔忙，真正做到了他们在婚礼誓词中说的那样："为了救可爱的中国，为了美好的明天，我俩甘愿赴汤蹈火在所不惜！"

出征之前，方志敏亲笔写下了"告赣东北地区父老乡亲书"，作为与乡亲们的告别——"告赣东北地区父老乡亲书，奉命，红七军团与红十军组成抗日先遣队，我们将离开苏区，北上抗日。"

为了隐蔽，红军深夜开拔，乡亲们全都出来送行。

"你们放心出征，家里有我们。"缪敏微笑着送别红军，对方志敏、刘畴西和曹仰山分别敬军礼。

乔英站在缪敏身边，同样为战友敬礼送行。她看着吴天来，嘴唇动了动，终究没有说出什么。

吴天来深深地、深深地看了她一眼，转身随队伍走了。多少未诉的衷肠，只在这一眼里……

缪敏和乔英很久很久都不舍得把手放下来，她们就这么敬着礼，看着队伍渐行渐远。缪敏终于忍不住，眼泪又涌了出来。

走在队伍最前面的方志敏，缓缓地转过身，隔着战士们手里影影绰绰的火把，他看见妻子流泪的脸庞。这些年妻子陪他风雨同舟，患难与共，此时还怀着身孕，

正是一个女人最需要丈夫的时候……

他强忍泪水，转回身，大步流星向前走去。

他们知道，这一别山高水远，这一别血雨腥风。

他们却不知道，此一别，就是生死相隔，永不相见。

月亮隐入了云层，黑夜中伸手不见五指，在曲折的山路上，红军的火把形成了一条巨大的火龙，照耀着前行的路。

缪敏（1909—1977）

　　汉族，江西弋阳县人，革命人士、中国共产党党员、中国作家协会会员。1927年加入中国共产主义青年团，在南昌、鄱阳秘密机关工作。1929年加入中国共产党，同年与方志敏结婚。在赣东北苏区历任女子职业学校校长、列宁师范教员、工农剧团编导等职。中华人民共和国成立后，担任上饶地委组织部长、江西省卫生厅副厅长等职，并投入回忆方志敏革命历程的写作，著有《方志敏战斗的一生》《方志敏的故事》等著作。方志敏与缪敏共同生活了8年，他对爱妻留下了深深的眷恋："我与我妻的爱情不坏，因为，我们是长期共患难的人。"

经过半个多月的行军，红十军团赶到了安徽汤口，与寻淮洲率领的十九师胜利会师。

汤口是个水乡，到处都是清澈的潺潺流水。方志敏站在一条河边等待寻淮洲。

寻淮洲远远地看见方志敏，急忙下马，小跑着过来："方主席，十九师师长寻淮洲向您报到。"

"淮洲同志，你看看，我们汤口会师的队伍越来越壮大，令人振奋，但是你这个军团长，被调整为十九师师长，不会有情绪吧？"

"方主席，自从第五次反围剿以来，我一直在外围打仗，但是瑞金的包围圈却越来越小，我考虑的只是怎么打胜仗，请方主

The Faithful

谭家桥战役指挥部遗址

1934 年 12 月 13 日，红十军团指挥部随同主力部队，进入谭家桥地区。敌军分 3 路尾追而来，红十军团首长决定利用乌泥关至谭家桥公路两侧有利地形，以伏击手段，争取歼灭该敌大部。但由于开火过早，红军对敌未形成完全包围态势，战场形势逐渐转为不利。连续血战 8 个多小时，红军损失惨重，为保存实力，军团首长决定立即北撤，至 15 日拂晓前，红十军团全部撤出谭家桥地区。谭家桥战斗结束了，红军在此留下了英勇悲壮的历史篇章。

席放心，什么战斗位置需要我，我就去哪里。"

方志敏很高兴："好，你能打仗，能打胜仗，红十军团少不了你。"

寻淮洲是 1933 年升任红二十一军军长的，当时他才 21 岁，是红军中最年轻的军长。同年 9 月，寻淮洲率军全歼国民党十九路军中最为精锐的"铁军团"，创造了当时的一个奇迹。

在狱中，回忆起这位优秀的青年将领，方志敏感到十分痛惜，他写道："谭家桥一战，最大的损失，是寻淮洲同志的牺牲。他是红军中一个很好的指挥员，指挥七军团，在两年间打了许多有名的胜仗，缴获敌人枪支六千余支，轻重机枪三百余架，并缴获大炮几十门。他还只有 24 岁（此处为方志敏笔误，寻淮洲牺牲时 22 岁），很细心学习军事学，曾负伤五次，这次打伤了小肚，又因担架颠簸牺牲了！当然是红军中一个重大的损失！"

谭家桥一战结束后，为了确定寻淮洲确实死了，王耀武派人寻找他的遗体。他们在茂林蚂蚁山的树林里发现了

寻淮洲的墓，并且把墓挖开了。

"刚刚挖出来的，俘虏指认，这就是共党匪首头子，寻淮洲。"副官把王耀武带到寻淮洲墓前。

"跟你交手那么多回，没想到在这见到了。"王耀武有几分感叹，他曾对别人说过，在寻淮洲活着的时候，为没有一睹其风采而感到遗憾。

他摘下头上的钢盔，立正肃立，表达了一下自己的敬意。从军人的角度，他很佩服这个对手。

"他怎么没穿棉服？"他又问。

"我也不清楚。"下属回答。

躺在墓里的寻淮洲衣着单薄，甚至可以说衣不蔽体，黄土覆盖着他赤裸的胸膛。

"一个军团长死了，也就这么

The Faithful

简单。"王耀武说。

"穷到这个份上，连件棉服都穿不上，还有那么多人跟着他卖命。"副官很不理解。

对此，王耀武后来判断说："共军官兵所穿的衣服破烂不堪，难以护体，因被服奇缺，在掩埋其阵亡的官兵时，顺手将死者的衣服脱下，以供活人穿用。"

王耀武下令："电告南昌行营，我们胜利了，寻淮洲被击毙。"亲眼看到寻淮洲的遗体，他心里踏实了。

"是。"副官说。

在当时，国民党内部充满腐败官僚习气，渐失信仰，攻城略地常常要靠现大洋的激励，确实无法理解共产党人的精神。王耀武走后，国民党七十九师又上蚂蚁山，再次挖开了寻淮洲的墓，残忍地将他的头颅割掉，拿回去邀功领赏。

英烈为国家做出的奉献和牺牲，党和人民不会忘记。

1938 年 5 月，时任新四军第一支队司令员的陈毅，率部东进抗日途经泾县茂林时，特地到蚂蚁山为寻淮洲祭扫，重建陵墓，另立新碑，亲撰碑文，并举行了隆重庄严的竖碑仪式。陈毅激动地说："青山有幸埋忠骨。寻淮洲同志是红军青年将校，以游击战斗著称，毕生为革命利益、民族利益，英勇奋斗，光荣牺牲。我们要完成其遗志，以东线胜利，驱逐日军，回答先烈，庶几无愧。"

新中国成立后，泾县人民政府又将寻淮洲烈士的忠骨安葬在魁山烈士陵园中，使烈士的忠魂得以安息。

2009 年 9 月 14 日，在寻淮洲牺牲 75 年之后，他作为红军最年轻有为的军团长被评为"100 位为新中国成立作出突出贡献的英雄模范人物"之一。

矜持不苟，舍己为公，却是每个共产党员具备的美德。

——方志敏

The Faithful

　　"王旅长，谭家桥大捷，击毙匪首寻淮洲，你为党国立了大功。委员长亲自打来电话要重奖你，我已经签署命令，剿总司令部奖励你补充第一旅，现大洋五千块。"五省剿匪北路军总司令顾祝同正在与王耀武通话。

　　"谢谢委员长，谢谢顾总司令。"

　　"佐民哪，你以少胜多，遭遇到围堵还能转败为胜，实属罕见，你的仗是越打越好了。"顾祝同亲热地叫着王耀武的字，对他赞不绝口。

五省剿匪北路军总司令　顾祝同

"共匪趁着天黑撤退，我方与共匪交战许久，怕遭遇埋伏，故，未敢追击。"

"你放心，方志敏他跑不了。"顾祝同撇着薄嘴唇，恶狠狠地说。

革命从前是胜利，现在也是胜利，将来必然是更大胜利。革命势力一定要最后消灭反革命势力，敌人现在在死亡之前没有别法维持下去，只好拼命造乌龟壳，但这个乌龟壳不是什么铜墙铁壁，我们有打破敌人乌龟壳的一切力量。

——方志敏

顾祝同（1893—1987）

中华民国陆军一级上将，字墨三，江苏省涟水县人，保定陆军军官学校第六期步兵科毕业。

辛亥革命爆发后，参加革命军。1921年冬，到桂林投奔孙中山，任粤军许崇智部军事教导队区队长。1925年参加东征后，任国民革命军师长。1927年后，历任第九军军长、第一军军长、第十六路军总指挥、国民政府警卫军军长、国民党中央执委、江苏省政府主席、五省剿匪北路军总司令、重庆行营主任、贵州绥靖主任、省政府主席、西安行营主任等职。

抗日战争时任第三战区副司令长官，1941年发动皖南事变。抗战胜利后任陆军总司令，国防部参谋总长。去台湾后任"代国防部长"，"总统府"战略顾问等职。1987年1月17日在台北逝世，享年94岁。

天降大雨，在战斗的间隙，红军淋着雨修整，战士们又冷又饿。几次恶战下来，红军损兵折将，疲惫不堪。刘畴西和粟裕撑着一把油纸伞，坐在树荫下看地图，方志敏站在雨幕中，向远方凝望。

"军团长，你还是带着方主席和上力，沿着南华山继续撤退吧。"二十一师师长胡天桃冒雨跑来，向刘畴西建议。

"那你呢？"刘畴西问。

胡天桃说："我们二十一师擅长打游击，我来掩护啊！"胡天桃爱笑，身上永远有一种笃定和洒脱并存的气质，即使此刻情势危急，他脸上依然有笑容，丝毫看不出慌乱。

"我们的处境的确很艰难，但是大家想想，中央红军和瑞金

The Faithful

又会是什么样子？这样的撤退太被动，与其被粘着打，不如撕开一个口子，让敌人摸不清我们的底细，给他们造成错觉。"方志敏转过身来发表意见，他时刻不忘红十军团的使命。

刘畴西立即表态："我同意。探探他们的底，咱们心里也有数。"

"最好的撤退，就是进攻。"方志敏说。

"让我们来！"胡天桃请命。

方志敏点点头。

谭家桥之战是红十军团全部转向外线作战后的第一场战斗，初战失利，红军陷入被动。国民党近20个团的兵力，蜂拥而来，妄图一举消灭红十军团。

谭家桥一战之后，原本自信的刘畴西，又变得优柔寡断，由轻敌冒进转为过于保守，犹豫迟疑的弱点在指挥中暴露出来。红

十军团转移至陶村，又遭遇了国民党军一个保安团。以红军当时的实力，如果坚决作战是有可能全歼这股敌军的。但是刘畴西采用"加油式"用兵，开始只派上去一个营作战，打不过又上去一个营，结果不仅未能迅速消灭敌人，还遭受到不应有的损失，打成了无谓的消耗战。当时部队的情绪一时变得激昂愤慨，有的指战员甚至哭喊着要求军团长力战。刘畴西深感自己身为军团之长，责任重大，最后不顾很多指战员的反对，决心避战撤离，失去了一个重振士气的机会。

就这样，红十军团经旌德、泾县、青阳、太平，直向皖南而去。一路在休宁、祁门、屯溪、歙县、绩溪、婺源、开化等地，都与国民党军发生了遭遇战。为了减少牺牲与损失，刘畴西下了决心，一路避战，部队陷于十分困难的境地。在一路转战中，红十军团度过了 1935 年的元旦。

切不可听到一二个懦夫的劝阻与黑暗的朋友的威吓，自己就软弱下来，放弃应有的努力，特别在那稍纵即逝的紧急关头。

——方志敏

The Faithful

　　1935 年 1 月 17 日，胡天桃师长率领红二十一师战士，在凤阳坞撤退，被王耀武的补充第一旅分割在怀玉山西北部黄龙山的刺窝的深山谷里，红军仰冲作战，地形十分不利。

　　在之前的多次消耗战中，红军几无所获，没有得到任何供给，武器极其缺乏，很多战士只能拿着大刀冲锋，在国民党的炮火压力下，这场仗打得实在艰辛。

　　王耀武的副官指挥战斗，在望远镜中看到红军已经支持不住，他觉得胸有成竹了，下令："把预备营给我拉上去，一定要顶住，等我们撤下阵地，让炮兵覆盖山头。"

　　"是。"

炮兵布阵之后，国民党部队的火力十分凶猛，但是红军的战斗意志依然无比顽强，二十一师全体战士抱着战死也不投降的决心，要与敌人血战到底。

战场上尸横遍野，血流成河。没有枪支的红军战士，就挥舞大刀冲上去与敌人贴身肉搏。

师长胡天桃的机枪子弹全都打光了，他冲进帐篷，抄起另一把机枪，返身重回战场，双脚刚踏出帐篷，一枚炮弹落在他身边，他被巨大的冲力抛向半空，然后又重重地摔到地上，血流满面地昏迷过去。

胡天桃负伤，不幸被俘，战士们不是被俘就是牺牲，红二十一师几乎损失殆尽。

The Faithful

　　"怀玉山，红十军团的滑铁卢，围追堵截，跟红十军团较量了半年多，总算把他们都围在了怀玉山上。我这头发，都给我急白了。"王耀武慢悠悠地说。

　　抓住了胡天桃，又是大功一件，王耀武的心情好得不得了。警卫给他端来镜子，他好整以暇地整理衣服，对着镜子把头顶的白发拔掉，又慢条斯理地戴上手套和军帽，走出门去。

　　王耀武跟红军长期作战，但是红军是一些什么样的人，他却并不了解。这些装备落后、生活艰苦、供应几乎没有的红军将领，凭什么本事，让战士与他们生死与共，把一个一个国民党的骄兵悍将打得落花流水？

他一直想见识一下这些将领，寻淮洲被打死，让他有点惋惜失去了与这个暗中叹服的红军将领见面的机会，于是这一次，他决定亲自审讯胡天桃。

胡天桃被两个士兵押送着，一瘸一拐地走了过来。看见站在门口台阶上的王耀武，他停下脚步，转身与其对视。

胡天桃身材高大，身形健美，脸庞线条非常硬朗，有一种桀骜不羁的锋芒。此时的他，虽然衣着褴褛，满脸血污，脸上还有一道深深的伤口，但是眼神极其凌厉，全身上下依然散发着一种强大的气场，这种气场让王耀武有点不舒服，于是他便移开了视线。

王耀武心中非常震惊，如果不是战俘指认，他绝对不敢相信眼前这个人就是一师之长胡天桃。冰天雪地，胡天桃身上穿了三件补丁摞补丁的单衣，下身穿了两条破烂不堪的裤子，脚上穿着两只颜色不同的草鞋，身上背着一个破洋瓷碗，一身装束与红军的普通战士没有任何区别。

The Faithful

王耀武压下震惊，走到胡天桃面前，客气地挥挥手："胡师长，请坐。"胡天桃走到桌前坐下，王耀武坐在他对面。

对这样优秀的红军将领，王耀武惺惺相惜，还是希望能尽力劝降："蒋委员长对你们实行宽大政策，只要是迷途知返的，都可以得到重用。"

"我跟你们就不是一条道。"胡天桃的语气，比他的眼神还冷。

"你们共产主义在中国行不通，必定会死路一条。"

"没有压迫的社会，才是好的社会。"

"我们都是军人，什么这个理想那个主义的，都先不谈，喝水。"

胡天桃确实渴了，他拿起桌上的军用水壶，把水倒进随身携带的破瓷碗里，一口气喝完，痛快地吁了口气。

"方志敏现在在哪？只要你告诉我，就可以将功折罪。"

"不知道。"胡天桃又喝了几口水。

"方志敏对没有突围出去的部队，有什么指示？"

"不知道。"

"你知道，你什么都知道！"

"哈哈哈，你说对了，我是什么都知道，就是不能告诉你。"胡天桃又笑了。

王耀武也勉强笑了笑，转变了谈话策略："你家在哪啊？家里还有什么人？你真得为自己家里人考虑考虑，上敬父母下育子女，是我们应尽的责任。"

似乎听到无比好笑的事情，胡天桃笑得很开心，露出整齐洁白的牙齿。他向前倾了倾身体，压低声音，像告诉王耀武一个秘密似地说："我，没有家，我的父母都饿死了，我是个孤儿。"

王耀武被胡天桃的态度激怒了，他生气地说："我想提醒你一句，你现在是阶下囚。"

"我也想提醒你一句，你只能枪毙我！"胡天桃更强硬。他站起来冷冷地盯着王耀武的眼睛，对视之下王耀武竟然语塞，胡天桃转身就走。

王耀武气得脸色铁青，见胡天桃就要走了，又喊住他："请留步。"

他走过去，看着胡天桃背着的破碗，忍不住好奇地问："你一个堂堂师长，为什么要挎一个破洋瓷碗？"

The Faithful

　　胡天桃又笑了，他把碗举到王耀武面前，反问他："破吗？我母亲留给我的，要饭的，可是为了全天下的母亲都不再要饭，不再挨饿，我才跟你们干。"

　　这次审讯令王耀武心里颇不平静，征战沙场多年，见惯了各种惨烈场面，也看淡了生死，他自诩也是见多识广，胆色过人，像胡天桃这样身处绝境依然不怒自威，令人又敬又怕的人，他一生中极少遇到。他一身将校戎装，却被衣衫褴褛，背着一个破洋瓷碗的红军师长胡天桃所震慑，这位红军青年将领，把中国共产党人的理想信仰、革命意志表现得淋漓尽致。

　　这次谈话震撼了王耀武很多年。25年后，他仍然清清楚楚地记得当年的情景，在文史资料中一字一句地记录下两人的谈话内容。他承认，在这场谈论国家兴亡、民族命运、个人生死的思想交锋中，自己不是胜者。

中国在战斗之中一旦新去了帝国主义的锁链，肃清自己阵线内的汉奸卖国贼，得到了自由与解放，这种创造力，将会无限的发挥出来。

——方志敏

　　五省剿匪北路军总司令顾祝同召集他手下的国民党将领们开会。

　　"谭家桥一战，我们与共匪遭遇，打了个平手，但是令人振奋的是，匪首头目寻淮洲被击毙，在怀玉山脉，我们擒获了匪首胡天桃，可喜可贺啊！"提起最近的战绩，顾祝同喜形于色。

　　"这是鄙人的职责所在。"王耀武急忙站起来发言。

　　"佐民受到了委员长的通电嘉奖，本司令的脸上也有荣光啊，坐。目前，共匪已经进入了怀玉山脉，伺机与我们交战，今后他们会像疯狗一样东窜西咬，我们要抓住这次有利的机会，消灭他们。"

　　顾祝同决定对红军穷追猛打。

　　怀玉山地区由若干山峰组成，峰险壁峭，沟深路窄，人迹罕

The Faithful

至，食物奇缺，又是天寒地冻，雨雪交加。红十军团风餐露宿，弹尽粮绝，饥寒交迫，即使在这种情况下，他们仍然顽强战斗，不断杀伤敌人。

夜风刺骨，红军在河边露宿，燃起了一堆堆篝火。

刘畴西叼起从不离身的烟斗，警卫员帮他点上。

"有敌人！"刘畴西的烟还没来得及吸，突然听到有战士大喊。

在夜幕的掩护下，一队队偷袭的国民党士兵已经围了上来。

又是一场激烈的火拼。

方志敏一边开枪迎战，一边弯腰跑到刘畴西身边，在他耳边大喊："看来这是敌人的主力，我们绕过去。"

"跟我走！"刘畴西大喊。

入狱几个月以来，怀玉山的枪声经常会在方志敏的梦中响起。

他不愿意想起这过于惨烈的一切，但他又强迫自己一次次地回忆、梳理、总结，并诉诸笔端。

晚上十点，南昌驻赣绥靖公署军法处看守所里，所长凌凤梧值着夜班，到院子里抽根烟。他一抬头，看见南昌军法处副处长钱协民办公室的灯光还亮着。

钱协民歪坐着椅子，把腿高高地跷在桌子上，一边吹着口哨一边在一份名录上勾勾画画。他手上的这份名单，此刻俨然成了共产党人的"生死簿"，在名字下用红笔画了"√"的人，就会在第二天被枪杀。

看见凌凤梧悄无声息地站在身后，钱协民吓了一跳。

The Faithful

"处长。"凌凤梧打招呼。

钱协民放下腿，不满地问："你怎么像幽灵一样就进来了，怎么不敲门呢？"

凌凤梧急忙把手里的文件夹递给钱协民："处长，这是最新的文件，给您送过来了。怎么这次，会枪毙这么多人？"

"监狱都已经盛不下了，多枪毙几个，我们也省心呢。"

"哦，这都是上峰批下来的吧？"凌凤梧一边说，一边借机看了一眼桌上的名单，他看到了胡天桃的名字。

没让他细看，钱协民"啪"一下用文件夹把名单盖上了。

钱协民凑近他，耸着鼻子，皱了皱眉头。凌凤梧低头看了看自己，不知道哪里不妥。

"我最讨厌别人抽完烟来我办公室，出去。"钱协民扭过头，捂着鼻子说。

"是。"

"当当当"凌凤梧敲响了刘畴西他们囚室的门。

王如痴走过来，凌凤梧打开牢门上的小窗，把手里的火柴递进去。王如痴接过火柴，又递给他几个铜板："麻烦再给买五个烧饼，给老方两个，记得用报纸包上。"

"嗯。"凌凤梧点头答应。

从外面把小窗关好插上，凌凤梧背对着牢门，小声对站在门口的刘畴西说："上面的公文下来了，要杀你们的人，这次杀的多，打头的，是个师长。"

刘畴西和王如痴对视，心脏犹如被一记重锤砸了一下。

The Faithful

第二天一大早，刘畴西和王如痴就扒着牢门向外看。

"哗啦——哗啦——"沉重的脚镣声传来，一队囚人被押了过来，队伍中间，果然有拎着破洋瓷碗的胡天桃。

"老胡！老胡！"王如痴大喊。

胡天桃看见了他们，停下了脚步。

"老胡——老胡——"王如痴心如刀割，他两只手紧紧地抓着牢门上的铁栏，拼命往外探着身子，恨不得要钻出来，但坚固的铁窗无情地将他们隔绝开来。

胡天桃笑得像个孩子。他对他们挥挥手，那神情，就像一个顽皮的少年要出去游玩一圈，很快就会回来。

无法停留过久，胡天桃很快就被押走了。

刑场上，矗立着一堵堵阴森的行刑墙。枪声此起彼伏，胡天桃一边走着，一边看见一排排共产党人倒在墙下。

朔风呼啸，天地无言。

胡天桃走到属于他的那堵墙前。墙上，溅满了斑斑血迹。

他转过身，四个黑幽幽的枪口，像狼眼一样盯着他。

胡天桃又笑了，满不在乎地扬了扬眉毛，笑得那么肆意，笑得那么痛快，对着这个黑暗丑恶的旧世界，露出了最后的笑颜。

The Faithful

一腔热血化碧涛。革命者的血肉，终究要筑起中华民族新的长城。

两个国民党士兵费力地抬起高大的胡天桃的遗体，把他扔进万人坑。他沿着坑沿滚下去，落在了战友身边。

一个国民党士兵转身欲走的时候，发现了掉在地上的那只洋瓷碗，飞起一脚，把碗提到坑里。洋瓷碗磕在对面坑沿的石头上，发出清脆的声音，又弹回来，刚好落在胡天桃戴着锁链的手边。

母亲留给他的讨饭的碗，就这样陪着他走了。

胡天桃没有留下更多的个人资料，他的籍贯、家属、出生日期等信息栏里，只有"不详"两个字。建国后，没有任何亲人来领取他的烈士抚恤金。除了一个破碗，他什么也没有带走。

胡天桃（？—1935）

　　曾任中国工农红军第十军团二十一师师长，是红军中有名的指挥官之一。我们今天对胡天桃的记忆不是来自于军史、战史，而是从国民党将领王耀武的回忆中得到的。王耀武在怀玉山中俘虏了胡天桃，并亲自审问过他，所以有很多很清晰的记忆。除此之外，时至今日，我们还不知道胡天桃更多的个人信息。他没有出生地和出生日期，没有家人，没有照片或画像，建国后，更没有任何亲人、后人领取他的烈士抚恤金。他没有的东西太多太多，但胡天桃师长的英雄事迹却是真人真事，被了解他事迹的人所传颂、感叹并由衷敬佩。

The Faithful

刘畤西阴沉着脸，像罚站一样站在牢门口一动不动，站了很久很久。他的脸，比外面欲雪的天空阴得还厉害。

王如痴坐在床沿上，"嗒"的一声在棋盘上落了一子，然后等着刘畤西落子。

刘畤西此时不想下棋，他想哭！

他噙着眼泪，心不在焉地说："炮二平五。"

王如痴帮他走了炮二平五，然后吃了他的一个棋子。

"我不走炮二平五，我走，车七进一。"

王如痴一动没动。

"我说我走车七进一。"刘畤西挑衅地说，气呼呼地拖着脚镣"哗啦哗啦"地走过来。王如痴跟没听见一样，像尊木塑一般毫

无反应。

　　刘畴西自己用那只伤手拿起旗子，摆在棋盘上。

　　王如痴把刘畴西摆好的几个棋子，又噼里啪啦地扔了下去。

　　刘畴西瞪他，两人像两个孩子一样对峙。刘畴西犯倔，要重新把棋子再摆回去。他刚一伸手，王如痴猛地站起来，"啪"地一下掀翻了棋盘。棋子七零八落，蹦蹦跳跳地落了一地。

　　一看两人闹了起来，躺在床上的曹仰山费力地抬起头，有气无力地劝阻："下盘棋，至于吗？"

　　"至于！"王如痴大吼！

　　他连珠炮似的指责刘畴西："你凭什么悔棋？嗯？就因为你是军团长？你跟我一样，是俘虏！是阶下囚！"愤怒和悲痛让他的嘴唇颤抖着，几乎要哭出来。"下棋你可以悔，打仗你悔得了吗？你瞧不起王耀武，你轻敌，你让你的二十师打主攻，为什么？就是因为你刚刚当上军团长，你想让大家看看你的能耐。你动不动

The Faithful

就卖你的老资格，黄埔一期，伏龙芝学院，这些东西都会让你目空一切，同志啊！"他吼得声嘶力竭，一边说一边挥舞着戴着镣铐的手臂。发泄完心里的怒火，他突然变得十分无力，疲惫地拖着脚镣走到狭小的窗边，昏暗的光线将他映成一道痛苦的剪影。

刘畴西默默地哭了。热泪从粗糙的脸颊上滚下来，流过那些沟沟壑壑的皱纹，又苦又咸，像他此刻苦涩懊悔的心情。

曹仰山此时的心情，自然也是苦痛难言，默默地用被子蒙上了头。

王如痴划着火柴，点了一根烟，抽了一口，又走回来，把烟递到刘畴西嘴边。刘畴西已经戒烟了，轻轻地歪歪头，以示拒绝。王如痴硬把烟塞进了他的嘴里。

在"优待室"中的方志敏也听到了这场争吵，虽然他知道，事已至此，所有的指责、痛悔都已于事无补，但是懊悔依然萦绕在心头。他在狱中写道："懊悔啊！我与参谋长粟裕，带领红十军团的先头部队，冲出了敌人的封锁线，如果大部队跟进，我红十军团就能绝处逢生。"

方志敏用泣血的文字，为红军总结了宝贵的经验教训，也为后世留下了极具价值的文史资料。

　　时间回到 1935 年 1 月 9 日，红十军团抵达浙江省西部的遂安茶山驻营。在此之前，他们接到了中央关于部队转向浙西南活动的电令。于是，军团领导在茶山召开紧急会议，讨论下一步的去向及分兵问题。

　　之前已经有部分同志提出过适当分散兵力的主张，茶山会议再次讨论这个问题。

　　会上出现了两种截然相反的意见，争论异常激烈。鉴于大兵团行动的困难和实战教训，一种意见主张分兵：粟裕、刘英率十九师到浙西南活动，方志敏率二十一师回赣东北坚持，乐少华、刘畴西率二十师留皖南作战。另一种意见主张暂不分兵，一起回赣东北，先休整后再分兵。由于中央在电令中没有改变大兵团作战的批示，刘畴西对分兵顾虑很大，担心兵力分散，更难应付国民党军的重兵"围剿"。最后，方志敏拍板决定，全军回赣东北苏区暂行休整，再实施中央关于向浙西南行动的电令。

　　1 月 10 日，红十军团离开茶山，南下赣东北，结束了历时 40 余天的皖南行动。

　　当时，红十军团在皖南行动 1 个多月，一天都没有休息过，队伍确实是疲乏不堪，战斗情绪十分低落，战斗力也很弱，休息整顿当然是急需的。但是，红军转移后，各地苏区都已沦陷，国民党军队在苏区疯狂烧杀，已严重毁坏了苏区的物质基础和群众基础。

The Faithful

1935 年 1 月 12 日下午，红十军团行至杨林，由此向南越过南华山就是化婺德苏区，那里仍有游击队活动，便于红军休整隐蔽。在这条不算很长的路上，国民党部队层层设障，封锁线犬牙交错，四面围追堵截。距离最近的敌人与红十军团仅差半天时间的路程，几乎就是一步之遥了。红军每前进一步都要付出血的代价，7 天内 4 次受阻，简直到了寸步难行的地步。

这时方志敏和粟裕正随先头部队行动，所谓先头部队，主要由红十九师掩护的军团机关人员、伤病员、后勤人员，以及缺乏弹药的迫击炮连和重机枪连等组成，共 800 余人。

1 月 16 日，先头部队机智地突破了敌人的第三道防线，抵达德兴县陈家湾村。

在行军途中，方志敏开始咯血。"咳——咳——"他扶着树干猛咳几声，急忙从口袋里掏出手帕捂住嘴。这是出征前妻子缪敏送给他的那块手帕。咯完血以后，手帕上出现一朵鲜红的血花，盖住了那个红心中的"敏"字。

"方主席？"粟裕见状大惊失色。

方志敏急忙安慰他："没事，老毛病了。"

方志敏早年患有肺病，时常咯血。这些天红军连日苦战，日夜行军，一天都没有好好休息过，他的旧病又复发了。

"刀。"粟裕对着身后喊，战士递过来一把军刀。

粟裕几步攀到山坡上，砍下一根比较粗壮的树枝，给方志敏当拐杖。

刚刚下过大雨，地面泥泞湿滑，队伍只能深一脚浅一脚地行走在山路上。

"从这下。"粟裕走在前面，在泥泞中为方志敏探着路。

在半山上，粟裕用望远镜观察远方："没有情况。"他对方志敏说。

方志敏判断："看来赣浙边界的封锁线，敌人还没来得及合拢。"

入夜，刘畴西的通讯员跑来传讯："报告，军团长让我来通知你们，军团主力部队已经集结，离这里还有五公里，但是，实在

The Faithful

走不动了，军团长让你们先走。"

对这个决定，粟裕坚决反对，他着急地说："方主席，情况紧急，不能延误，部队今天晚上必须通过封锁线。"

方志敏也觉得让部队此时停下休息非常危险，便吩咐粟裕："你以我的名义写信给刘畴西，敌情万分紧急，要他无论如何在今夜迅速跟进，全军团都要通过封锁线。"

"是。"粟裕领命离去。

此时，国民党的那些高级将领亦不敢怠慢，他们连夜开会研究军情。

"这就是徐家村。"一位军官在地图上，把徐家村的坐标指给顾祝同。

"谁离这里最近？"顾祝同问。

"星口第二纵队第五团。"王耀武答。

"命令他们，连夜出发，明天拂晓前，必须到达徐家村。"

"是！"所有人都立正领命。

信送出去以后，方志敏仍不放心。他看着夜色中影影绰绰的远山说："一封信能改变军团长的决定吗？粟裕，我要你带着部队先离开，迅速进入苏区，我们在德兴具黄石田一带会合。"

"方主席，你先走，我回去。"粟裕心里明白，这样一封短信很难改变军团长的决策。他想到作战指挥经验丰富的寻淮洲已经牺牲，刘畴西指挥又不果断，而让方志敏重涉险境过于危险，于是打算自己回去协助刘畴西掌握部队，迅速跟进。

"我不能走，我了解军团长，我必须要回去。赣东北的乡亲父老，把孩子和丈夫们交给我，我要把他们带回来。"责任感极重的方志敏担心粟裕难以说动刘畴西，决定以红十军团军政委员会主席的身份和政治委员的最后决定权，改变刘畴西的错误决定，率部尽快脱离险境。

"方主席……"粟裕还想说服方志敏，方志敏像宣誓一样，突然举起一只拳头，表示自己主意已定，打断了粟裕的话，转身就走进了茫茫夜色中。

"方主席——"粟裕在后面忧心忡忡地喊，他的话音落在了方志敏的身影后面。

The Faithful

　　此时，接到顾祝同命令的国民党星口第二纵队第五团，已经连夜向徐家村急进。

　　方志敏只带着少数几个战士回去接应大部队。沿途，他们看见一排篝火，几个国军士兵举着枪来回巡逻。

　　方志敏小声说："他们这是虚张声势，跟着我冲进去。"

　　"是。"

　　方志敏带着几个战士，趁着夜色突袭，迅速歼灭了这一小股敌人。

　　这个冬天无比严寒，几乎每隔两日就要下一场大雪。鹅毛般的大雪笼罩了整个天地，刘畴西心事重重地坐在漫天大雪中。警卫员把他的假肢拿给他看。

　　"军团长，打烂了，接不上了。"

　　刘畴西看了一眼："扔了吧。"

　　此前，方志敏派来的通讯员已经找到了他们。通讯员把方志敏的信交给刘畴西，并且告诉他，方志敏专门留下来在等主力

部队，要刘畴西指挥部队务必于当夜闯过常山、平乐一带的封锁线。然而刘畴西犹犹豫豫，又顾虑部队极度饥饿疲劳，还是决定休息一夜再走。他没有想到，心急如焚的方志敏此时已经重回包围圈。无论如何，方志敏也要把这支自己亲手创建的队伍带出来。

在张家坞附近，方志敏终于找到了刘畴西的部队。

"你们怎么还不走呢？"方志敏急匆匆地走过来，责问刘畴西。

"方主席，你怎么又回来了？"看见方志敏突然出现，曹仰山很惊讶。

"你们不走我能不回来吗？"方志敏气愤地反问，又转头问刘畴西，"我给你的信你看到了没有啊？"

"看到了。"刘畴西低声说。

"看到了你为什么不走？我要你带领部队连夜通过封锁线，

The Faithful

你为什么不执行？军情紧急，机会稍纵即逝，你是军团长，怎么犯这样的错误？"方志敏急切地吼了一通，在一连串的责问下，刘畴西低下了头。

"部队几天没吃东西了，实在走不动了。"王如痴替刘畴西回答。

"走不动也得走！就是爬也得爬过封锁线！"方志敏转身吼道，又转回来，冲着刘畴西说："我命令你，召集部队，立即出发！"

"是。"刘畴西说。

"集合部队，马上出发！"命令传达下去，战士们举着火把渐渐汇聚过来。

方志敏站在高处，给红军战士做动员："同志们！各位同志，我们必须提起精神，继续往前走！这是敌人最后一道封锁线，就算咬紧牙关，我们也要冲过去！"

他喊得嗓音沙哑，要让自己的声音尽力盖过风雪的呼啸，在这生死攸关的时刻，给战士们鼓劲加油。只要冲过最后一道封锁线，红十军团就有了生机。

在国民党五省剿匪北路军的指挥部里，顾祝同也一直在紧锣密鼓地布阵。

"下达作战命令，命令：第四十九师，第五十七师，补充第一旅，独立四十三旅，保安纵队，迅速赶到怀玉山，封锁堵死所有的通道，捉拿方志敏。"

国民党的兵力越来越多，一副不把红军赶尽杀绝誓不罢休的劲头。

The Faithful

在方志敏的督促下，红十军团主力部队连夜行军，在 1935 年 1 月 13 日上午，行至徐家村。

由于天已大亮，红军前进得比较小心，方志敏、刘畴西和曹仰山带队，一路摸伏前行。曹仰山最先发现敌情，"有敌人"，他急忙伸手示意，战士们赶紧蹲下。方志敏用望远镜一看，敌人已经在前面的各个路口重兵把守。

"敌人的封锁线合拢了。"方志敏说。

"打吧，冲过去。"曹仰山举起枪。

"别着急。"刘畴西说。

正说话间，一个国军士兵发现了他们，"有共匪！"他扯着嗓子喊。

方志敏一枪打死了喊话的士兵。一排机枪的密集火力马上向

他们扫射过来。

他们遇到的，正是顾祝同派出的星口第二纵队第五团。这股敌军是连夜急进35公里，先于红军部队赶到徐家村的，而且仅仅比红十军团早到半小时！

他们还不知道，就在刘畴西犹豫拖沓的这一夜，敌第四十九师、五十七师、补充一旅、独立四十三旅、浙江保安纵队等14支队伍已分路赶到，堵死了四面的通道。红十军团主力，已被七倍于己的敌人层层包围在了方圆只有7.5公里左右的怀玉山地区，灾难就此降临！

这种关键时刻指挥上的关键性错误，就如同高手博弈时一样，错走一步，满盘皆输。

"撤。"方志敏下令。

红军急忙向山上撤退。警卫员在刘畴西身后掩护他，看着刘畴西和大部队都撤到了山坡上，他也准备快步跟上，突然发现刘畴西随身的烟斗掉在了草丛中。警卫员停下脚步，弯腰想把烟斗拣起来，就在手指刚刚摸到烟斗的一瞬间，一颗子弹击中了他。

The Faithful

　　刘畴西向前跑了一段，突然发现自己的警卫员没有跟上来，立刻不顾一切地返身回去寻找。方志敏等人急忙跟着一起往回跑，他们架起倒在地上的小警卫员，一边开枪一边回撤。混战之中，刘畴西唯一完好的右臂又中枪了。

　　战士替刘畴西把负伤的手臂包扎好。他抽着烟斗，像个木偶人一样听从摆布。已经牺牲的警卫员被放在担架上，就躺在他身边。

　　刘畴西已经坐在这里很久了。

　　他低下头，最后又看了一眼那张还带着几分稚气的脸，这还是个不到20岁的少年。这些年，这孩子鞍前马后地跟随他，平时为他牵马点烟，照顾他的生活起居，战时跟着他冲锋陷阵，奋勇歼敌。他们是上下级，也是战友、兄弟，甚至有几分像父子。

　　"埋了。"他说。

　　两个战士抬起担架，向挖好的墓坑走去。

　　"等会儿！"刘畴西突然又喊。

　　两个战士停下了，刘畴西叼着烟斗走过去，单膝跪地，慢慢

地用嘴把烟斗放在了警卫员的胸口。

刘畴西的喉结艰难地跳跃了两下，他转身背对着大家，战士们只能看见他的肩膀在微微地颤抖。

雪下了整整一天，到了午夜仍没有一丝停止的意思。

方志敏和刘畴西商议已定，两人互相点了点头。

方志敏提着油灯，与王如痴和曹仰山一起，来到了战士们中间，做最后一次战前动员。

这几日，方志敏、刘畴西率部队在敌人的重重包围中，四处绕行，东冲西突，竭尽全力想撕开一个口子，找出一条生路来，但是均遇到敌人阻击，伤亡惨重。此时红十军团主力部队只剩下2000人左右。

红军战士们都在树林中席地而坐，冷风挟裹着雪花，落在他们单薄的衣服上。

看见方志敏来了，战士们都仰头看他，就像孩子看着他们的

The Faithful

父亲，一个个表情就像温良的小鹿……方志敏——看去，几乎每个人都挂了彩。有的头上缠着绷带，有的吊着胳膊，很多士兵的脸上更是伤痕累累。他们在这数九寒天，前有封锁，后有追兵的情况下，穿着单衣，饿着肚子，却依然用无比信赖的眼神看着他。

方志敏心中万分酸楚！

他开口了："各位同志，我们已经被国民党重兵包围，要是不能突围，红十军团将会全军覆没。今天夜里，王师长和曹参谋长将会带领大家打前锋，杀开一条血路，大家一定要齐心协力杀出去！"

王如痴举起拳头："同志们，我不想多说什么，拿起武器，向前冲！"

"同志们，要不就死在这儿，要不就杀出去！"曹仰山亦是语气激昂地告诉大家，红军已是背水一战。

"我掩护！"吴天来在后面说。

亲爱的同志们，我们手携手一心奋斗向前进吧！反革命决不能战胜我们，相反的我们的力量要最后战胜反革命。历史已经判决豪绅地主、资产阶级、国民党，是迟早要进入坟墓的。

——方志敏

这一天是 1935 年 1 月 20 日，午夜，刘畴西率余部在许坞作最后一次突围。

红军将士浴血奋战，经过五个小时的激战，左冲右突，仍没有突破包围圈。

国民党不断调来精兵强将，武器也在源源不断地补充。五个小时过去了，红军还没有被打垮，这令国民党将领十分头疼。后来他们自己总结"这股共匪之凶悍，剿匪以来很少遇到。"

战火映亮了夜空，红军的鲜血染红了怀玉山的山山水水。据当地的百姓回忆，战斗结束的两天之后，仍有红色的血水及战士的断肢，从河流上游流向下游。

"啊——"曹仰山一声大叫，他中弹了。

"老曹！"方志敏急忙扶住他。

吴天来也倒在了血泊中。两个战士冲过来架起他，随着部队边打边退。红军无法突围，只好退回怀玉山中。

吴天来的腿被炸断了，战士正在给他擦拭伤口。他失血很多，脸色苍白，脚边放着整整一桶血水。

方志敏推门进来。"天来。"他轻轻地唤道。

吴天来无力地说："你们先出去一下，我有事和方主席谈。"为他处理伤口的两个战士出去了，并替他们把门关好。

方志敏蹲下来，握住吴天来的手。

The Faithful

"方主席，我们这支队伍，是纯洁的，党性很强，可有些地方，还不能掉以轻心哪！我这有个笔记本，该注意什么人，上面都记着呢。"吴天来从怀里掏出一个笔记本，递给方志敏。

这种交代遗言似的话别令方志敏十分难过。他接过本子，双手握住，低声说："天来，我们只是决定分头突围，但并不表示，我们再也不会见面了。"

"我的腿已经这样了，无论跟着谁，都会连累大家，我是特派员，不能给中央丢脸。"

"我们红军什么时候丢下过受伤的同志？"方志敏有点生气地站起来，他哽咽了，"就是抬……我也要把你抬出去。"

一滴泪从吴天来的眼角流下，流到他的鬓角，消失在浓密的黑发里。

"也不知道，缪敏嫂子和乔英怎么样了，我好想她们啊。"吴天来闭上了眼睛。

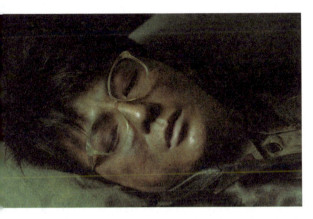

方志敏心中十分恻然，再次用力握了握吴天来的手："别想太多了，好好养伤。"

方志敏噙着泪走到外面的漫天大雪中，雪下得越来越急了，一会儿工夫，他的军帽上就落满了雪花。他深一脚浅一脚地走了几步，双眼越来越模糊了。

"砰！"

吴天来的房间，枪声骤然响起。

方志敏全身一震，立刻停住了脚步。他的泪水无法遏止地流了下来，低头看看手里的绿皮笔记本，撩起衣襟擦拭落在上面的雪花。可是雪花越来越多，越来越多，总也擦不干净……

The Faithful

左联五烈士

指 1931 年 2 月 7 日被国民党杀害的柔石、胡也频、殷夫、李伟森、冯铿五位左翼革命作家。"左联"全称"中国左翼作家联盟",成立于 1930 年 3 月 2 日,聚集了当时几乎所有中国左翼作家中的精英人物,组成了反抗国民党政府文化"围剿"政策、建设马克思主义文艺理论、推动文艺大众化运动的文艺集团。五烈士被害后,"左联"发表了抗议和宣言,指斥反动派的罪行,得到了国内外进步力量的支持。

为了不拖累队伍,吴天来自杀了。

"生命诚可贵,爱情价更高。若为自由故,二者皆可抛。"这首匈牙利爱国诗人裴多菲的短诗,在 1929 年由"左联五烈士"之一的我国著名诗人殷夫翻译成中文。

有多少年轻的共产党人,以生命为代价,抵达了诗歌表达的境界。

为了呼吸自由、平等的空气,为了普天下的劳苦大众都能活得像个人,他们牺牲了自己的爱情,也奉献了自己的生命。

在吴天来生命的最后一刻,他想到了有一双美丽眼睛的乔英,想到了初夏时节,他在河边教乔英打枪。那天,天那么蓝,金色的阳光把白云映照成浅浅的绯红色,就像一朵朵初绽的玫瑰。虽然玫瑰色的光晕辉映得不是未来,但却是他年轻的生命中,最亮最美的一抹色彩!

突围失败了。

天一亮，电讯员就把红十军团的电台和机要文件全部掩埋和烧毁，以免落入敌手。

看着方志敏独自一人站在那里盯着淅淅沥沥的冷雨，刘畴西过来找他。

"老方，我没有把队伍带好，没有把仗打好，如果我能出去的话，我会跟组织上申请处分我。"刘畴西痛责自己指挥失误。

"我是军政委员会主席，所有的责任在我。"方志敏叹了一口气，握住刘畴西的肩膀："我们分头突围吧！"

责任心极强的方志敏大包大揽，把失败的原因，完全归咎于自己拍板决定返回赣东北的举动，没有在事前估计到形势的严重

The Faithful

性。他后来这样总结："不料这种决定正等于老鼠钻牛角，为这次失败的主因。"实际上，红十军团悲剧的酿成，主要是由于当时王明"左倾"冒险主义的错误领导，以及后来战略部署及军事指挥上出现的失误。返回赣东北的失误，只是诸多因素中的一个，并非是失败的主因。

"老方，保重。"刘畴西说。

两人长久地对视，方志敏点点头。

为了不被敌人一网打尽，方志敏与刘畴西商议，将身边的同志化整为零，分散越过敌人的封锁线。刘畴西与红十军团十九师参谋长乔信明等人结伴，昼伏夜行，翻山越岭。由于刘畴西仅有的一只右臂也负了伤，只好由战友们搀扶着走，攀登峭壁时几乎也是被人抬着上去。

刘畴西心如刀绞，自己军事指挥的失误使红十军团遭到前所未有的惨痛失败，如今又身负重伤，受伤的手连枪都拿不起来，想自杀都没有了能力。他不想再连累战友们，也不想当俘虏，一再要求乔信明给他一枪。乔信明鼓励他说："老刘呀，我们都是顶天立地的共产党员。我们绝不能丢下你不管，要死，我们就死在一起！"

与方志敏在陈家湾分开后，粟裕率领先头部队连夜行军，一路疾行，破冰踏雪，抢先一步冲破了国民党军在童家坊至暖水湾一线设置的封锁线，一鼓作气地前进到距离闽浙赣苏区不远的港头村，才命令部队停下休息，等候主力部队。

等了整整一天，到了第二天晚上，仍然不见大部队的踪影，焦急万分的粟裕派人出去侦察。

一直到4天以后，在望远镜中，粟裕终于看见派出去的几个侦察兵端着枪在树丛中出现了。一看到几个人脸上的表情，粟裕的心就沉了下去，他急忙跑着迎向他们。

"参谋长。"一看见他，侦察兵就哭了。

"他们人呢？"粟裕急切地问。

The Faithful

"到处都是伏兵,他们……他们都没有冲出来。"侦察兵一边说,一边抽泣。

粟裕半晌说不出话来。

良久,他才回过神来,"你的任务完成了。"他拍拍侦察兵的肩膀,宽慰这个哭泣的战士。

后来,已经成为大将的粟裕在《粟裕战争回忆录》中写道:"当我先头部队通过时,山上碉堡里的敌人打枪,我们派出两个战斗班佯攻,吸引敌之火力,敌人没有敢从碉堡里出来。这样,我们就加快步伐,上半夜全部通过了敌人的封锁线,安全到达闽浙赣苏区的大小坪、黄石田(均属德兴县)地区。到达之后,我们一面同省委、军区联系,一面等待主力部队。可是,等到下半夜没有见大部队到来,第二天也没有来,第三天、第四天还没有来。我们到达闽浙赣苏区以后,随即派出大批干部组织便衣队前去联络和接应,均未能联系上,心情十分焦急。开始隐隐听到那边有炮声,以后就沉寂了……不久,方志敏、刘畴西同志即被捕了。"

听到持续了几天的枪炮声渐渐停息了,粟裕知道大事不妙,只好含泪离开,带领队伍继续前行。

红十军团三个师一万余人，最后冲出重围的，只有粟裕率领的一个无炮弹的迫击炮连、一个无枪弹的机关枪连和二十一师第五连，以及一些伤病员及军团机关人员，仅 400 余人。

此后，他们进入浙西南山区开展艰苦卓绝的游击战争。这支缺乏装备，当时战斗力并不强的突围队伍，在国民党眼里，不过是一支残兵，在前仆后继的共产党人心中，却是火种。这支队伍，日后发展成为闽浙军区独立师、新四军第二支队、华野第四纵队、第二十三军，在粟裕的带领下，转战大江南北，战功累累，功勋卓著，终于成为燎原大火。

正如国防大学的金一南教授所说："中国工农红军就是这样的队伍。伍中豪牺牲了，带出了寻淮洲；寻淮洲牺牲了，又带出了粟裕。革命的理想、战斗的意志像一支不熄的火炬，从一个人的手中，传到另一个人手中。"

在革命生涯和炮火历练中迅速成长起来的粟裕，日后被誉为"战神"。但是，他人生最刻骨铭心的记忆不是七战七捷，不是淮海战役，而是谭家桥和怀玉山。尤其是谭家桥一役的失利，不但令他最尊敬的军团长寻淮洲牺牲，还导致方志敏等红军重要领导人被俘就义，几乎成为粟裕的心理阴影。有人将这一战称为"名将之殇"。

斗转星移，岁月荏苒。13 年之后的 1948 年 9 月 16 日，国

The Faithful

怀玉山战斗

1935 年 1 月，由红七军团和赣东北的红十军合编组成的红十军团在皖南地区作战连连受挫后，被迫返回赣东北地区。1 月 15 日，红十军团进至德兴县港头一带地区。16 日晚，先头部队乘夜暗顺利通过国民党军独立第四十三旅的陇首封锁线，到达赣东北苏区。但军团主力由于过于顾虑和疲劳，就地休息一夜而遭到了国民党军第四十九师，补充第一旅，浙江保安第一、第二纵队，第二十一旅和独立第四十三旅等部的包围。国民党军以七倍于红军的兵力完成包围后，即组成多路"插剿"队纵横穿插于包围圈中，将红十军团主力分割成数段。红军指战员不畏强敌，浴血奋战，予敌以很大杀伤后，终因与敌力量对比悬殊、弹尽粮绝，被围困于怀玉山上，并在极端艰难困苦的条件下继续坚持斗争。至 1 月下旬，山上红军大部壮烈牺牲。刘畴西、方志敏等先后在怀玉山东麓陇首村被捕。

共之间的决胜之战济南战役打响了。

率领 32 万大军攻城的就是解放军华东野战军代司令、代政委——当年从怀玉山冲出去的红十军团参谋长粟裕；而防守济南的是山东省主席、第二绥靖区司令，当年的补充第一旅旅长王耀武。

13 年了，生死对手狭路相逢，再度交锋。粟裕亲拟攻城部队的战斗口号，并要求全军将士高呼："打到济南府，活捉王耀武。"

9 月 24 日，济南全城解放。王耀武化装出逃，一张美国高级手纸出卖了他。在寿光县，警惕的民兵发现他使用的手纸是进口货，当即将其抓获。

陈毅元帅说得好"后死诸君多努力，捷报飞来当纸钱。"当年在怀玉山，与战友一别即成永诀，粟裕终于以他的战绩完成了对战友的告慰。掩埋在茂林的寻淮洲，在南昌慷慨饮弹的方志敏、刘畴西、王如痴、曹仰山、胡天桃……英烈的在天英灵，是否有知？

1978 年 5 月，已届古稀之年的粟裕第三次来到谭家桥。走到谭家桥白亭木竹检查站时，他坐在左侧山涧畔的一块

巨石上，默默地遥望着被落日染红的石门岗，久久不愿离开。

　　按照粟裕大将的心愿，在他逝世后，他的一部分骨灰，洒在了谭家桥，和战死在这里的战友们长眠在一起。

济南战役

　　1948 年 9 月 16 日至 24 日，华东野战军执行 1948 年 7 月 16 日确定的"攻克济南"的指示，进行济南战役。华东野战军 14 万兵力的攻城集团，经 8 昼夜的激烈攻坚作战，在徐州、青岛之敌尚未集结完毕以北援的情况下，全歼济南守敌 10.4 万余人（包括起义一个军 2 万人），当时山东境内最大的内陆城市，也是南京与天津间最大城市的山东省省会济南宣告解放。

　　攻克济南表明，人民解放军山东兵团从胶东保卫战中掖县战役开始的攻坚战，开始转向对坚固设防的中心城市进行决战性攻坚战，从此揭开了战略决战的序幕。

粟裕（1907—1984）

　　侗族，湖南会同县人，中国无产阶级革命家、军事家，中国人民解放军的主要领导人，中华人民共和国十大大将之首。1927年加入中国共产党，参加南昌起义，后进入井冈山，参加历次反"会剿"和全部五次反"围剿"战争。1934年11月，与寻淮洲等率红七军团从瑞金到赣东北，红十军团整编后调任闽浙赣军团参谋长。1935年1月16日，与刘英指挥红十军团先头部队突出重围，同年2月任红军挺进师师长向赣西南挺进，长征时留在南方组织游击战争。抗日战争期间，任新四军第二支队副司令员，江南指挥部和苏北指挥部副指挥。1941年任新四军第一师师长，后兼第六师师长。解放战争期间，任华中野战军司令，华东野战军副司令、代司令员兼代政委等职，战功卓越。中华人民共和国成立后，历任中国人民解放军总参谋长、中国共产党中央军事委员会常委、第五届全国人大常委会副委员长等职。1955年9月27日，被授予大将军衔，并被授予一级八一勋章、一级独立自由勋章和一级解放勋章。1984年2月5日逝世。

1935 年 1 月 28 日　中央红军黔北某临时驻地

1935 年 1 月 28 日，中央红军黔北某临时驻地。

电讯员正在紧张地截取敌人电台信号。

一名战士进来取电报，转身刚要走，"等一下，还有一份。"电讯员叫住他。

中央红军截获敌人电报，这份电报的内容是："伪赣浙闽军区司令兼伪第十军团军团长刘畴西，今晨被刘震清旅生擒于陈家湾。"

最后一次突围失败后，怀玉山成为红十军团最后的战场。红军战士拿枪向敌人射击，但冻僵的手指扣不动扳机；他们向围上来的敌人投弹，又因为挨饿受冻，体力不支，投不了多远。

在纷飞的大雪中，敌人逐山逐垅地搜索。王耀武发现他搜出

The Faithful

的红军战士，个个面黄肌瘦，手脚冻裂，因为喝不到水，嘴唇起着一层层的白泡，很多人已经躺在地上动弹不了。后来，国民党部队开始放火烧山，让红军无处藏身。很快，王如痴被搜出来了，曹仰山被搜出来了……重伤在身、冻饿交加的刘畴西在陈家湾附近昏倒了，也被搜出，随后被押到搜剿军指挥部。

此时国民党军已搜山近一个月，也比较疲惫，搜剿指挥部认为方志敏可能已经突围，要求撤回休整。就在这时，方志敏的警卫员魏长发（一说魏灿发）被俘后叛变告密，说方志敏仍在山上。蒋介石立刻下了死命令，在搜到方志敏以前，凡要求撤军休整者杀无赦。

面对全军覆没的境况，方志敏痛苦万分，但他仍然怀着坚定的革命信念，在冰天雪地中不分昼夜地爬山越岭，苦苦支撑。

战士们都被打散了，方志敏孤身一人，艰难地跋涉。他实在走不动了，喘着粗气，靠着竹林中的一棵木梓树坐下。

他咳得非常厉害，鲜血大口大口地涌出。他的肺病一直就没有得到根治，这也是方志敏的老母亲的一块心病，儿子在外带兵打仗，母亲在家牵肠挂肚，时时刻刻担心他旧病复发。昨夜，在方志敏短暂的睡眠中，母亲曾进入他的梦乡。她说：儿啊，姆妈想上山给你拾点药，治你的肺病……

方志敏抬头向天上看去，雪下得密密实实，在他眼里，恍恍惚惚就像铺天盖地的白烟，在茂盛的竹叶间隙，一股股地向他笼罩过来。

国民党军加大了搜山的力度，一草一木地逐次搜索，漫山遍野全都是国民党士兵。1月29日傍晚，敌人终于在德兴与玉山交界的垅首村封锁线附近的高山上找到了方志敏。

朋友！中国是生育我们的母亲。

你们觉得这位母亲可爱吗？……我想你们是和我一样的见解，都觉得这位母亲是蛮可爱蛮可爱的。

——方志敏

The Faithful

在国民党的监狱里，回想起当日的情景，方志敏提笔写下一首五言绝句："雪压竹头低，低下欲沾泥。一朝红日起，依旧与天齐。"

这首名为《咏竹》的诗，借竹咏志，充分表达了方志敏当时的心境。

饱蘸着浓墨写下这几行诗之后，方志敏抬头向外看去，窗外电闪雷鸣。透过头顶的天窗，他看见高墙、电网、碉堡、机枪。身处于这警戒森严的国民党监狱中，与当时被困在怀玉山上密不透风的包围圈中一样，都是身处困境，生死未卜，面临着重重的困难和考验。

但是，无论是在怀玉山，还是在监狱里，对于方志敏来说，只要一息尚存，他都要想方设法，以任何形式坚持革命斗争。只要心中有坚定的信仰，即使是病痛孱弱的身体，也能爆发出惊人的能量。信仰的力量无坚不摧！

　　"咚——咚——咚——"深夜，一阵脚步声在囚室过道中响起，引起阵阵回声。监狱书记员高家骏突然来到方志敏的"优待室"。

　　"您的小说我已经读过了。"高家骏站在方志敏面前说。

　　"是吗？"方志敏正在写作，他客气地说："请指教。"

　　"您别客气。"高家骏诚恳地说，"我非常敬佩您的勇气，我知道，您已经做好了赴死的准备。我想，我应该为您做些力所能及的事情，以尽我绵薄之力。"

　　方志敏有所触动，诚恳地说："高先生，谢谢你，我想我会需要你的帮助的，你先回去吧，不要在这儿太久。"他担心与他这样一个"重犯"接触甚密，被敌人察觉，会给高家骏带来麻烦。

The Faithful

乔信明（1909—1963）

湖北省大冶县人。新四军老战士、开国少将。1929年加入中国共产主义青年团。1930年参加中国工农红军。1932年由共青团转入中国共产党。土地革命战争时期，任红军学校军事总教员，政治营队长，瑞金红军学校政治营指导员，闽浙赣军区第五分校政治队队长，红十军第八十二团团长，红十军团第二十师参谋长。

南昌的看守所中，方志敏和乔信明建立了秘密通信。方志敏在信中写道："你应很好地向这些干部进行教育。在敌人面前一定要顽强，怕死是没有用的。""我们几个负责人，方（志敏）、刘（畴西）、王（如痴）、曹（仰山）、周（群）、李（树彬）、张（胡天）等，已准备为革命流最后一滴血，你们不一定死，但要准备坐牢。在监狱中要学习列宁同志的榜样，为党工作，坚持斗争，就是死了也是光荣的。"方志敏牺牲了，乔信明被判了无期徒刑。乔信明在监狱里建立了秘密党支部，坚持了斗争。抗日战争全面爆发后，乔信明得以出狱，参加了新四军。

高家骏点点头，走了。

高家骏是看守所所长凌凤梧的亲信和同乡，是一个很有正义感的青年。他开始是受凌凤梧所托，帮助方志敏做一些递送报纸、代买烧饼之类的杂事，后来越与方志敏交往，敬仰之心越炽，常常冒着生命危险替方志敏与狱中的其他战友联系。由于受到方志敏的思想教育，他甚至告诉凌凤梧，决心加入共产党。

方志敏认为："在监狱里要学习列宁同志的榜样，为党工作，坚持斗争，就是死也是光荣的。"因此，他给同监狱的红二十师参谋长乔信明等人秘密传送字条，指示他们秘密组建狱中党支部。乔信明等人接到方志敏的字条后，受到启发和鼓舞。狱中同志很快建立了以乔信明为书记的狱中党支部，一直坚持到全面抗战爆发后获释出狱。

"丁零零——"一阵急促的电话铃声在顾祝同的办公室里响起。

"喂?"顾祝同接起电话。

"墨三啊!"来电者操着浓浓的浙江口音训他。

"委员长!"顾祝同急忙立正,来电的正是蒋介石。

"听说你到现在还没有见过方志敏?"

"没……没有。"顾祝同有点语塞。

"你这个南昌行营主任的架子越来越大了,这是政治,杀人容易,难在诛心。"

"明白,委座。"

The Faithful

关于方志敏，蒋介石的指示是"劝降重用"，对于这个顽固的"共匪头子"，顾祝同十分头疼。

与此同时，胡逸民正在方志敏的囚室里与他谈笑风生。

"哈哈哈"，胡逸民一阵大笑，对方志敏说："你知道吗？这监狱啊，从绘制到建造，我胡逸民，可是亲力亲为啊！可以说我胡逸民是国民党监狱的开山鼻祖啊，哎呀，可是，鼻祖现在关在监狱里，真是滑天下之大稽。"

方志敏忍俊不禁："胡先生，难为你了。"

"不过，你还别说，我胡逸民二次进宫啊，又发现了监狱中许多防范的漏洞。本来呢，我是想把这些问题写成材料，现在，我改主意了。"

正说着，南昌军法处副处长钱协民突然进来了，忙不迭地说："胡先生，您赶快回避一下，顾主任突然到访，要见方志敏。"

方志敏被押出囚室，隔着铁栅栏，与顾祝同分坐两边。

　　顾祝同倒也不废话，开门见山，直接就说明了来意："方先生正当英年，何必报消极的态度？蒋公的意思，是想推崇方先生能为国家做一番事业。"

　　"谢谢好意，但是道不同，不相为谋。"方志敏眯起眼睛，享受一会儿这片刻的阳光照耀。

　　"苏维埃那一套，在中国不适用。"顾祝同说。

　　"苏维埃追求平等，人民当家做主，适用不适用，你自己去问问苏区的百姓。你知道吗？你们围剿红军，我发行抵抗公债，苏区的百姓踊跃认购，短短三天时间，就已经筹备了十几万大洋。"

　　"你们搞国中之国，这是在哪个国家都不能允许的。"

　　"我们中国外受帝国主义的侵略压迫，内受贪官污吏、土豪劣绅的统治剥削，国已不国，民不聊生，只有另起炉灶。"

　　两人明显谈不拢。顾祝同沉默了一会儿，站起来就走了。

The Faithful

得知蒋介石下达了劝降的命令，方志敏明白敌人会暂缓杀害自己，所以每日更加笔耕不辍，抓紧宝贵时间写作书稿。

在《清贫》一文中，方志敏写下这样的话："在这长期的奋斗中，我一向是过着朴素的生活，从没有奢侈过。经手的款项，总在数百万元；但为革命而筹集的金钱，是一点一滴的用之于革命事业。这在国方（指国民党方面）的伟人们看来，颇似奇迹，或认为夸张；而矜持不苟，舍己为公，却是每个共产党员具备的美德……清贫，洁白朴素的生活，正是我们革命者能够战胜许多困难的地方！"

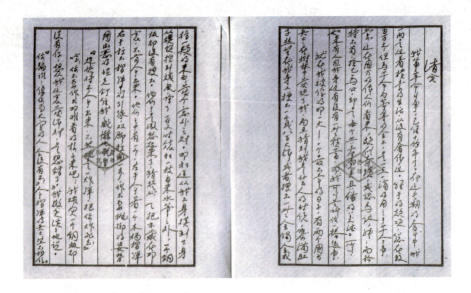

——方志敏《清贫》手稿

154

每年，方志敏都会筹集大笔的银元、金条，送到中央苏区，用于革命事业。仅在1933年，红十军赴中央苏区参加第四次反"围剿"时，就给中央带去了黄金2000两、银元100余万元和药品40余箱。这无异于雪中送炭，周恩来和朱德都称赞不已："方志敏同志不简单，你们为中央解决了大问题啊。"

对于方志敏来说，这些巨款虽然每一分都要经过他的手，但是却没有一分是属于他的私人财产。在家乡弋阳的时候，有一次母亲来找他，说家里实在没钱了，想问他要点钱买盐。可是这个当共产党大官的儿子，却拿不出钱来给她。

尽管方志敏很清楚，为了供自己读书，家中早就负债累累。自己参加革命后，家中又被连累，遭到敌人的烧、抢十多次，母亲必然是迫不得已才前来向他要钱。

方志敏只能愧疚地对母亲说："姆妈，我是当主席，可当的是穷人的主席，哪里是官？饷银嘛，将来会发，现在没有。信江苏维埃刚建立，革命才有了个起头，我们每日的饭钿才七分呢！"

母亲听后并没有生气，反而感到很宽慰。她说："晓得了，晓得了。姆妈这一趟没白来，明白了仔是当穷人的主席，我苦点也舒心啦！"这是母亲第一次，也是唯一一次来找方志敏要钱。

被俘的那一天，两个国民党士兵发现抓住了一个共产党大官，心里窃喜，以为能捞到点油水。他们把方志敏从头发到脚板，细细地搜了一遍，一个铜板都没搜出来，不禁恼羞成怒，拉开手榴弹的引线，威胁方志敏说，如果不把钱拿出来就炸死他。

方志敏劝他们不要瞎忙乎，自己不像他们国民党的官，个个都有钱。他说，我们革命不是为了发财。

The Faithful

　　两个士兵实在没办法，只好抢走了方志敏的怀表和钢笔，悻悻地商量好把这两样东西卖了将钱平分，虽然他们也知道卖不了几个钱，总归是聊胜于无吧！

怀玉山清贫纪念碑于2005年落成

清贫，洁白朴素的生活，正是我们革命者能够战胜许多困难的地方。

——方志敏

胡逸民撑着伞站在雨幕中，看着方志敏的囚室狭小的铁窗。他想去告诉方志敏一个消息，他知道这个消息对于方志敏来说，一定非常重要。

这个胡逸民，是国民党的元老级人物，为蒋介石出了不少力，也立了不少功，是个修建监狱的专家，但是却屡遭蒋介石怀疑，动不动就被关进牢里，成了监狱的常客。但是他在监狱里待遇不错，不但可以四处走动，还有姨太太陪同，不开心了，还会把监狱长训一顿。

胡逸民在狱中结识了方志敏，他们二人在监狱中患难与共，一共相处了216天。他从方志敏身上看到了革命者的铮铮铁骨，看到了共产党人的高尚情操和气节。胡逸民说："第一个知我者孙中山，第二个患难之交是方志敏。"

此是后话了。一开始方志敏对胡逸民并不是完全信任，看见他走进囚室，急忙将手里的稿子藏到枕头底下。

胡逸民很谨慎地四处看了看，迅速从袖子里抽出一张报纸，塞进方志敏手里，说："方先生，毛润之指挥红军了，这上面有你们的消息。"

The Faithful

方志敏面露喜色，当他详详细细地看完报纸上的消息后，简直是欣喜若狂了。他忍不住立刻奋笔疾书："亲爱的全国红军同志们！我在狱中热忱地庆祝你们的伟大胜利，并望你们在党中央的正确领导下坚决战斗，全部消灭白军，创造苏维埃新中国！"

瓢泼大雨倾泻而下，风驰雨骤，天地之间似乎有无数条雪亮的银练，狠狠抽打着地面上的一切，世界变成了巨浪滔天的海洋。

大雨，下吧，下吧，越大越好！涤尽这旧世界的丑陋与罪恶！

"啊——啊——啊——"

放风时间，没有一个人出去淋雨，只有方志敏抑制不住内

心的激动，冲到雨中，举起戴着锁链的双手，声嘶力竭地振臂高呼。

此时其他狱友还没及时得到消息，恐怕整个监狱里都没有人能领会这个大雨中呐喊的人，此刻是什么心情。

自从入狱以来，被绳子绑缚，被钉上脚镣，被无数次拍照，被装甲车押解，被公开示众，所有的不堪、屈辱和隐忍，此刻都在大雨中得到洗涤和释放。

The Faithful

1931 年 9 月，在共产国际的影响下，24 岁的博古成为中共实际最高领导人。在军事决策上，博古完全依赖共产国际军事顾问李德。而在 1931 年 11 月的赣南会议后，中央革命军事委员会取代红一方面军总前委，毛泽东失去了在苏区红军中的领导地位，李德接管了红军的指挥决策权。随着老部下被陆续调离，担任苏维埃中央执委会主席的毛泽东，几乎成了"光杆司令"。他还患上了严重的疟疾，只好去后方休养。

从 1934 年下半年开始，由于博古等人的错误指挥，红军第五次反"围剿"失败，不得不踏上长征的征途。

在第五次反"围剿"失败和长征初期严重受挫的情况下，为了纠正博古"左倾"领导在军事指挥上的错误，1935 年 1 月，中共中央政治局在贵州遵义召开了遵义会议。

遵义会议是我们党历史上第一次独立解决路线、方针和政策问题，结束了"左倾"教条主义的统治，实际上确立了毛泽东在党和红军中的领导地位。在这个著名的会议上，也初步确立了以毛泽东为代表的马克思主义的正确路线在中共中央的领导地位，挽救了党、挽救了红军、挽救了中国革命，是中国共产党历史上一个生死攸关的转折点。

1934 年 10 月，贺龙领导的红二军团和萧克领导的红六军团先后进入贵州境内。蒋介石一面让号称"贵州王"的贵州军阀王

家烈堵截红军，一面派薛岳率领 8 个师的中央军在后追赶。1935年 4 月上旬，红军主力击溃了王家烈的部队，西征入滇。

1935 年的春节，蒋介石正和宋美龄一起，在庐山上的豪华别墅里过年，一份材料送到了他面前，里面写道，共军内部，遵义井冈山派与苏俄派斗争得非常厉害，结果是毛泽东获得胜利。

历史选择了毛泽东，领导红军拨正中国革命的方向。

党的红军得到了正确的领导。在第五次反"围剿"失败以来，节节失利的红军，此时终于取得了军事上的重大胜利，这个消息怎能不让狱中的方志敏喜极而泣？对于方志敏来说，个人的悲苦无足轻重，革命事业有了希望的曙光，才是对他最大的慰藉。

他仰天长啸，喜悦的泪水伴着大雨，尽情地在脸上流淌。

The Faithful

棉湖战斗

1925 年初，盘踞在广东省东江一带的军阀陈炯明趁孙中山北上和谈、沉疴不起之际，搜罗残余叛军及地方土匪势力，密谋从粤东一带进攻广州。国民政府以黄埔学生组成的教导一团和教导二团 3000 多人奋起迎战，史称第一次东征。3 月 12 日，黄埔教导一团进驻棉湖地区，与先期到达已占据有利地势的陈炯明、林虎部对峙，独挡十倍于己的强敌。经过一天的血战，黄埔教导团以寡敌众，终于获得了胜利。棉湖之战是中国近代战争史上以少胜多的一个典型战例，在关键时刻挽救了国民革命，意义十分重大。

身为五省剿匪北路军总司令，同时也是驻赣绥靖公署主任的顾祝同，劝降方志敏的同时，也在劝降刘畴西。看到劝不动"顽固"的方志敏，根据蒋介石的指示，他转而把劝降重点放到了刘畴西身上。

刘畴西早年曾考入湖南省第一师范，是毛泽东的小学弟。刘畴西当年对这位学长非常崇拜，很快就加入了毛泽东在长沙创建的社会主义青年团，并于 1922 年夏天正式加入了共产党。经党组织的推荐，他于 1924 年 5 月考入黄埔军校第一期第一队。

1925 年 2 月，刘畴西参加讨伐军阀陈炯明的东征战斗。在淡水城攻坚战中，他作为敢死队员第一个爬上城头，身负重伤。同年 3 月，又在棉湖战斗中，被流弹击中左臂，他稍事包扎，又继续战斗。由于没有得到及时治疗，伤口溃烂，只好做了截肢手术。大家都为他失去一只手臂感到惋惜，他却说："为了打倒军阀，性命尚可牺牲，割掉一臂又有何妨？请大家放心，我一只手也能干革命！"

东征结束后，刘畴西获得军校颁发的军功状，蒋介石亲自批专款为他定制了一只假肢。

蒋介石对这个在决定生死的棉湖之役中，表现英勇的教导第一团第三连党代表、黄埔同学会总务科长刘畴西印象深刻。可以说，没有黄埔就没有蒋介石在国民党中的地位，没有棉湖恶战就没有黄埔军的威名。

蒋介石再三叮嘱顾祝同，一定要想办法将刘畴西争取过来。于是，黄埔老同学陆续都到狱中探望刘畴西，当时的黄埔教官顾祝同也亲自来了三次。虽为阶下囚，刘畴西面对死亡的威胁和爵禄的诱惑，丝毫不为之所动。

为了再次劝降刘畴西，顾祝同组织了一次特殊的"同学聚会"。

在金碧辉煌的大厅里，一桌美味佳肴已经摆好，陪坐的国民党军官，都是当年的黄埔学生。

"顾长官到！"

顾祝同踩着红地毯，从楼梯上缓步走下。

看见他们的长官来了，国民党军官们都站起来鼓掌，只有刘畴西一个人大模大样地坐在那，一动没动。

顾祝同对大家挥挥手，一边走一边说："请坐。"

"今天，是我们黄埔军校的同学聚会。首先，欢迎我们的独臂英雄，黄埔一期的刘畴西将军。"顾祝同来到主位，并未落座，而是先说了一番开场白。

"啪啪啪"大家又开始鼓掌。

"子荣啊，我单独敬你一杯，校长几次打来电话，让我一定要见见你，和你叙叙旧。"顾祝同端着酒杯，来到刘畴西面前敬酒。

"就说叙叙旧？没提劝降的事？"刘畴西瞟着他问。

"不是劝降，是归队。校长是个重情义的人，尤其是对黄埔师生，更是关怀备至，当年你失去了左臂，是校长亲自从国外给你订来了假肢，你还记得吗？"顾祝同提起旧事，开始打感情牌了。

"记得，我也历历在目啊。他给我弄了个假肢，后来，蒋先生亲自督战，围剿红军，他送我这假肢，又给打碎了。就剩这么一条好胳膊了，还让你们打了一个大窟窿，我刘畴西差点成了无臂将军了。"

面对这个油盐不进的刘畴西，顾祝同只好尴尬地干笑了两声："哈哈，子荣，请，请，大家请！"

"老同学，来，我敬你一杯。"为了缓和气氛，又有一个人过来敬酒。

"子荣啊，今天来的都是在南昌的黄埔一期，还有二期三期的同学，都想来一睹子荣的风采，让我给挡驾了。"

　　刘畴西只顾埋头吃喝，听到顾祝同如此说，自嘲道："您是怕王耀武来了，我这个败兵之将脸上挂不住是吧？"

　　顾祝同急忙笑着摆摆手。

　　刘畴西接着说："没什么挂不住的，败了就是败了，我小看王耀武那小子了，这是我轻敌，骄兵必败嘛！不过这小子运气真好，要不是新兵枪走火，今天当阶下囚的一定不是我刘畴西。"

　　有人接话："就是就是，后来啊，王旅长也说，当时真让他惊出了一身冷汗啊。这好在啊，这老天有眼啊。"

　　"呸！"刘畴西怒了，吐出口中的菜。

　　"老天有眼吗？如果老天有眼的话，能看着老百姓吃不上饭？穿不上衣服？老天有眼的话，能看着你们这帮当兵的手握兵权，不去打日本人，打内战？老天有眼的话，就应该把这个黑暗的世界全都砸了！"刘畴西站起来把盘子掀了。

　　一看又要闹僵，顾祝同只好又打圆场："子荣啊，你想多了，

我们今天在一起，只是叙黄埔之情谊，不谈国事。"

叙"黄埔之情谊"？刘畴西心中冷笑。他被俘虏那天，被押到搜剿军指挥部，总指挥俞济时和他是黄埔同期的同学，他当时多日水米未沾牙，饥肠辘辘，就剩半条命了，这位黄埔同窗，连顿饱饭热水都没给他。如今为了劝降，这些人又摆下大鱼大肉，假惺惺地叙"黄埔之情谊"，好个"黄埔之情谊"！

他跟这些人，实在是话不投机半句多！

"聊得差不多了，我饭吃得也差不多了，谢谢款待。"

刘畴西说完便离席，转身走了。

自从方志敏率领红十军团北上抗日之后，根据党的指示，缪敏被留下来在地方坚持游击战争。在转战途中，缪敏与党组织失去了联系。

1935年6月9日，在江西省德兴县毛山坞水竹窝，缪敏拣到一张敌军飞机上抛下来的传单，上面赫然印着方志敏被抓的消息。看着丈夫被五花大绑的照片，缪敏犹如万箭穿心，欲哭无泪。她叹了一口气，折起传单，无力地靠在树上。

1935年6月9日　德兴县　毛山坞水竹窝

几天之前，缪敏躲藏在一个农棚里，刚刚生下他们最小的儿子。由于条件恶劣，孩子生下来不久就夭折了。

丧子之痛还未平复，丈夫又身陷囹圄，缪敏悲痛欲绝。

The Faithful

情势哪容她过多悲伤，一直陪伴她的乔英，突然狂奔过来。

"快走，有敌人。"乔英气喘吁吁地说。

"走！"缪敏把传单塞进口袋，两人急忙冲出竹棚。

敌人已经到眼前了，两人在粗大树干的掩护下，一边开枪射击，一边观察形势。

"撤！"缪敏大喊。虽然敌人不多，但是只靠她和乔英的两把手枪，根本无法抵抗，只能伺机突围。

"追！"一队敌人紧紧地跟在后面，子弹嗖嗖地在她们耳边飞过。

"我们分开，一定要冲出去。"缪敏说，乔英点头。

缪敏和乔英分头向两个方向跑去，为首白军头目左右一看，也下令分两路继续追击："你，带人往那边追，剩下的跟我来！"

"我在这！"乔英大喊，四处张望的敌人马上循声追来。

"红军哥哥你，要慢慢走嘞，小心路上就有石头，碰到阿哥的脚趾头……"乔英放缓脚步，竟然开口唱起歌来，一边唱一边回头张望。

她的歌声回荡在山谷中，那么悠扬、舒缓，仿佛正在舞台上为红军战士们慰问演出，又仿佛心上人就在眼前，以歌声倾诉衷肠。

乔英一边唱，一边慢慢地向悬崖边走去，她要尽量为缪敏争取时间。

乔英站在山崖上，她前面没有路了。

敌人已经追到脚下，带队的国民党军官是个中年人，一看对方是个年纪轻轻的小姑娘，有点诧异。他不想打死乔英，想把她俘虏回去劝降。他心想，年轻人冲动，一腔热血地跟着共产党，如今这情形，又怎么会不贪生，想先哄她下来再说。

"不要害怕，我们也优待俘虏。其实，其实你只是中了共匪宣传的毒，只

The Faithful

要你能……啊！"他愕然地张大了嘴巴。

悬崖上已经空无一人。

敌人爬到悬崖上，向下一看，在芳草绿树的掩映下，乔英娇小的身体，静静地躺在悬崖下。

敌人只能砍下我们的头颅，决不能动摇我们的信仰！因为我们信仰的主义，乃是宇宙的真理！

——方志敏

放风时间，胡逸民与方志敏站在院子里攀谈，胡逸民发自肺腑地说："我现在啊，一天不见到你，这心里啊就空落落的。你是一个真正的革命者啊，敬佩！"

钱协民从楼梯上走下来，到了两人面前，打断了他们的谈话。

"胡老，胡老，您跟委员长低低头，认个错，就过去了。"钱协民略弓着腰，很是谦卑地说。

胡逸民瞪了他一眼，转身走开了几步。

"何必呢？"钱协民冲着胡逸民喊，胡逸民不搭理。

钱协民站直身体，感觉很是没趣。他装模作样地清清嗓子，转向方志敏说："方志敏，你老婆被抓了。"

The Faithful

晴天霹雳！！！

方志敏猛地转回身，盯着钱协民的眼睛，似乎要穿透他的内心，判断这是真话还是谎言。

"上峰准许您和您老婆和孩子见见面。见见吧，骨肉亲情啊！"

方志敏一言不发，眼中有莹莹泪光。

钱协民继续阴阳怪气地说："您啊，不应该在这里，您应该在家里抚养孩子。见是不见呢，给我个话，哼！"

钱协民冷哼了一声就走了。

在远处看了半天，感觉不对劲的刘畴西和王如痴急忙互相搀扶着走过来。

"老方，出什么事了？"刘畴西担忧地问。

"他们把缪敏抓起来了，让我见她。还有两个孩子！"

"老方，我觉得不能见。"王如痴急切地说。

"为什么？"刘畴西问。

"这是他们故意安排的，如果见了，他们就会大造舆论，说我们投降叛变了。"

"不不不。"刘畴西反驳，"我觉得还是有必要见一下，这假的真不了，如果这次不见的话，恐怕以后就再也没有机会了。"

方志敏看了刘畴西一眼，一时有点失魂落魄。

"我想想！我想想！"他喃喃自语。

在这一刹那，方志敏的心如同被沸腾的滚水煎熬。

方志敏非常喜欢一副对联："心有二爱，奇书骏马佳山水；园栽四物，青松翠竹洁梅兰"，所以分别以松、柏、竹、梅、兰为子女取名，寄托了对孩子们的喜爱之情和殷切希望，希望儿女们长大后能像松柏竹梅兰一样品行高洁，有所建树。

但是，他整日为革命事业奔波，对自己的几个孩子，不但疏于照顾，甚至见面都甚少。尤其是唯一的女儿方梅，一生只见过父亲两次。第一次，是在方梅出生后不久，父亲看了她一眼就匆匆走了；第二次，是在 1932 年，方志敏将女儿送到老乡家里寄养。临走前，他抱着女儿，恋恋不舍地在孩子的小脸蛋上亲了又亲……

而此时，见还是不见？两难的抉择摆在方志敏面前。不见，恐怕今生再也无法聚首；见了，又恐被敌人利用。

靠着柱子，方志敏终于下了最后的决心，他噙着眼泪说："见

The Faithful

与不见都一样，我相信她全都明白。"

一直默默站立在旁边的胡逸民走过来了，面对如此人间惨剧，他的心情也很沉重。对于方志敏此刻的心情和境况，他非常理解和同情。

"方先生，有什么……可以帮你的吗？"

"我写了一些东西，另外抄了一份，麻烦你帮我带出去。"

"好。"胡逸民毫不犹豫地答应了。

我能舍弃一切，但是不能舍弃党，舍弃阶级，舍弃革命事业。我有一天生命，我就应该为它们工作一天！

——方志敏

缪敏被捕了，在产后的第四天。

敌人如获至宝，当天就将产后身体虚弱，发着高烧的缪敏押到横峰县国民党军七十一师师部。7月24日的江西《民国日报》，在头版头条刊登了《方志敏之妻被擒经过》。师长亲自劝降，并在横峰县城召开"示众"大会，要缪敏发表自首讲话，用机枪赶来很多群众围观。

缪敏拖着虚弱的身子，仍坚强地挺立在台上，下身还在流血，染红了她的军裤。见到此情此景，很多老百姓都哭了。缪敏拼尽全力对群众演讲："请大家不要忘记苏维埃，不要忘记共产党，革命一定会胜利，红军一定会打回来的！"

为了劝降缪敏，敌人将方志敏的照片和"自述书"给她看，还欺骗缪敏说方志敏已经投降，只要她照着做，夫妻便可团聚。缪敏深知丈夫的为人，当即戳穿了敌人的阴谋。

作为方志敏的妻子，缪敏也下定决心以身殉志。丧心病狂的敌人又抓来了方志敏的姐姐以及侄子，企图以骨肉之情来软化她，而缪敏的回答是"头可断、血可流，革命信仰的主义决不能丢。"

1935年8月，缪敏被押到南昌，背上插着"共匪首领方志敏之妻缪敏"的牌子游街示众。缪敏一路昂首挺立，毫无惧色，令南昌市民钦佩不已。连国民党的报纸都这样描写："方妻磊落英

The Faithful

俊，臂膀带有轻伤，眼光炯炯四射，大有旁若无人之概……"方志敏在狱中看到报纸，心头便立刻涌现出又是悲痛，又是钦敬，又是快慰的情绪。

在南昌，缪敏被军法处提讯，凌凤梧、高家骏把这一情况告诉了方志敏。方志敏说："她被俘我知道了。她怀孕产婴，一定影响身体健康。她临难不苟免，一股巾帼气，我为她自豪！"

方志敏 5 岁的儿子方英、4 岁的儿子方明，也与妈妈一起被关在南昌女子监狱中。南昌女子监狱和囚禁方志敏的看守所只有一墙之隔，咫尺天涯，二人始终未能相见。

缪敏被国民党判了无期徒刑，一直到了 1937 年国共第二次合作时，在周恩来和项英的力争下，缪敏母子才得以出狱。他们被送到延安，回到了党的怀抱。毛泽东在缪敏到达延安的第二天就接见了她，对她说"你跟你的孩子都受苦了"。在敌人面前铁骨铮铮的缪敏，当即泣不成声。

出狱后的缪敏革命意志更为坚定，继续为党和国家工作。她和方志敏这对革命眷属为革命作出了巨大的贡献，他们忠贞不渝的爱情更是令人称羡。

　　这天深夜，南昌驻赣绥靖公署军法处看守所处于一级警戒状态。荷枪实弹的士兵一排排地列队站在院子里，顾祝同、钱协民亲自带队站岗，似乎有什么大人物到此造访。

　　果然来了大人物。此刻在方志敏的囚室里，坐在他对面的，是蒋介石本人。蒋介石带着私人秘书，亲自从武汉坐着飞机来到南昌，对方志敏做最后的劝降。

　　蒋介石迟迟都没有从囚室中出来，在外面等候的顾祝同不停地看表。牢房里的刘畴西和王如痴更是难以入眠，明明知道看不到什么，王如痴还是扒着窗口使劲向外看。

　　胡逸民也站在院子里，远远地望着方志敏的窗口。有一次，

The Faithful

顾祝同给胡逸民带来蒋介石的口谕，要他"劝方自首，将功赎罪"。第二天，胡逸民把受托劝降的事坦率地告诉了方志敏。方志敏嗤之以鼻："老胡，投降那是大笑话。自从我被捕入狱以后，在这里实际观察的结果，更证明以前我们所做的事是十分正确的。敌人只能砍下我们的头颅，决不能动摇我们的信仰，因为我们信仰的主义，乃是宇宙的真理。"坚定的态度使胡逸民脱口赞道："好样的，不是软骨头！"胡逸民后来回忆起这件事时感慨地说："我感到方志敏信仰坚定，胸怀广阔，是一个非凡的人才。狱中结识他，是我一生中不幸之大幸。"

但是他的潜意识里，又多么希望方志敏能够活下去。

谈话当然进行得很不愉快，蒋介石最后争取："方先生，你很有才干，希望你能报效党国，本人是倚重你的。"

方志敏淡然一笑："我的生命只有三十六岁，你赶紧下令执行吧。"

蒋介石一言不发地走出了囚室。

国民政府军事委员会委员长 蒋介石

探照灯惨白的灯光把夜色照得很薄。看着蒋委员长的脸色，一院子人大气都不敢出，顾祝同陪同蒋介石坐车离开了看守所。

从南昌回去的蒋介石十分恼火，对于"冥顽不灵"的方志敏，他感觉不能放虎归山，而此时社会各界要求释放方志敏的呼声越来越高，所以蒋介石很快就下达了秘密处死的命令。

高家骏到囚室里找方志敏的时候，他还在埋头写作。

"您有什么安排的，我可以去办。"高家骏难过地说。

方志敏抬起头问："枪毙我们的公文下来了？"

高家骏不忍心看方志敏的眼睛，点点头"嗯"了一声。

方志敏沉吟半晌，俯身从桌面下拿出一个绑在桌子上的报纸包。他慢慢地打开报纸，里面包着厚厚的一摞书稿。

目前，方志敏心心念念的，就是他呕心沥血写就的这些书稿。

"我这有一份书稿，麻烦你帮我带出去，交给鲁迅或是宋庆

The Faithful

龄先生。"

　　高家骏允诺："我会让我女朋友把您的文稿送往上海。"

　　"谢谢你，谢谢！"对这个正义的年轻人，方志敏十分感激。

在理论的政治的认识上，站稳着脚步，才不至于随时为某些现象或谣言而动摇自己的革命信仰！

——方志敏

1935 年 8 月 6 日。

钱协民背着手来到刘畴西、王如痴和曹仰山的囚室，跟在他身后的士兵刚想把牢门打开，被他摆手制止了。他从门上的铁窗往里看，想看看这几个"共匪"在干什么。

还跟以前一样，受伤的曹仰山躺在床上，刘畴西和王如痴倒是在优哉游哉地下棋。

"嘎——"钱协民把门推开了，生锈的铁门发出刺耳的声音。

见他进来，刘畴西和王如痴也没什么反应，还在琢磨他们没下完的半盘棋。钱协民往桌子前一站，说："三位，你们的大限到了，我奉命送你们上路。"

"兔崽子，打扰老子下棋，走错了一步。"刘畴西不满地说。

"哈哈哈"，王如痴笑了，他站起来，看着棋盘："老刘，悔一步吧。"

"不悔了。"刘畴西如释重负地说，"一步错，百步错啊！"他抬头看着王如痴，一时百感交集。

"就是，愿赌服输！"钱协民又在旁边阴阳怪气地接话。

"小子，别得意得太早，今天我们三个走了，早晚有人陪你下完这盘棋。"刘畴西也站起来，定定地看着钱协民说。

钱协民一挥手："带走。"

"啊——"，两个国民党士兵想把躺在床上的曹仰山抬起来，

The Faithful

碰到伤口，他痛苦地呻吟了一声。

"躲开，躲开，躲开！"王如痴厉喝，推开两个士兵，"老曹"，他慢慢扶起曹仰山，把他放到担架上。

"畴西！"被押向刑场的刘畴西突然听到有人喊他。

方志敏扑在铁栏上，呼唤刘畴西。

"老方。"刘畴西急忙拖着脚镣走过去，方志敏从铁栏中伸出手，一把抓住了刘畴西的手。

"畴西。"

"老方。"王如痴也过来了。

"如痴。"方志敏又一把握住了王如痴的手。

"老方。"

"你们先走一步，我随后就到。"方志敏说。

隔着铁栏，四只手紧紧地握着，久久也不愿意放开。舍得吗？不舍，千般万般地不舍！惧怕吗？不怕，一丝一毫也不怕。

所谓视死如归，便是如此。

"方主席——"

大家回头一看，躺在担架上的曹仰山，费力地抬起上半身，为方志敏行了他今生最后的一个军礼。

方志敏回敬了一个标准的、有力的军礼！他与曹仰山遥遥相对，默默无语，两眼含泪。革命生涯常分手，这一次却不是生离，而是死别！

自从入狱以来，负伤三处，左肩骨被打断的曹仰山，经常处在一种发寒发热、神志昏迷的状态。

当四个人还在同一间囚室的时候，就以平静的心情等待着这样的一天。有时他们还会讨论就义时的情景，方志敏说："我们必须准备口号，临刑时，要高声地呼，用劲地呼，以表示我们的不屈！"

躺在床上神思昏迷的曹仰山，听到了"口号"两个字，立刻清醒过来，仰起头来，用有气无力的声音很关心地问："口号？你

The Faithful

们是不是在讲临刑时的口号？要准备几个口号——有力的口号！"

"仰山！你安心地睡吧！不要你操心！口号容易准备的。"方志敏说。

"要的，几个有力的口号！"曹仰山躺在那灰布大衣叠成的枕头上，脑袋上下点了两下，就闭上眼皮。

方志敏在《死！——共产主义的殉道者的记述》中对曹仰山的描写，充分表现了一个共产主义战士的高尚情操。

就看作是我的精诚的寄托吧！

或许会长出一朵可爱的花来，这朵花你们

了，我流血的地方，或者我瘗骨的地方，

为中国呼喊一天；假如我不能生存——死

假如我还能生存，那我生存一天就要

——方志敏

曹仰山（1907—1935）

　　字正元，湖南双峰杏子铺镇花树村人，出生于一个清贫的教师家庭，自幼熟读诗书，童年即好读《三国演义》《水浒传》《孙子兵法》等书；1925年高小毕业后投笔从戎，考入宝庆（今湖南邵阳市）国民革命军学兵连；第二年即以笔试总分第三名、口试第一名的成绩被长沙黄埔军校第三分校录取；1927年春，秘密加入中国共产党；1934年，党中央以红七军团与红十军组成红十军团作为抗日先遣队，任命曹仰山为参谋处处长；1935年1月28日，他率部队冲杀至八祭分水岭时负伤，左肩骨被打断，不幸被俘。1935年8月6日，曹仰山被敌人用担架抬着，与刘畴西等红十军团领导人一起被押解至南昌百花洲秘密刑场。他挣扎着从担架上高呼口号，与其他并肩战斗的红军将领一起壮烈牺牲。

The Faithful

　　碧波荡漾，碧草摇曳，小雨落在河面，留下一圈圈涟漪。南昌百花洲秘密刑场，这个名字很美，实则满地血腥的地方，沿途的风景倒是不错。

　　并肩走着，刘畴西对王如痴说："咱们哥俩真是有缘分啊，死都死在一块。一起参加革命，一起留苏。"

　　"我当时也是想上军事学校的，服从组织安排，上了莫斯科中山大学。"王如痴略有点遗憾地说。

　　"你真应该上军校，如痴啊……"，刘畴西转用俄语说："苏联姑娘真漂亮，知道吗？特别是穿上军装的时候。"

　　"哈哈哈"，王如痴开心地笑了，也用俄语调侃刘畴西："难道

你想娶个苏联女人？"

"如痴啊，走到今天这一步，你怨我吗？"最后再放眼看看祖国的河山，刘畴西问身边这个生死与共的兄弟。

"其实啊，人这一生最重要的是有谁能和你为了同一信仰，一起并肩战斗到最后，我们值了。"

"值了！"

枪响了！惊起一群白鹭。

曹仰山挣扎着从担架上爬起，亲眼看见自己的战友倒在了敌人的枪口下。他高昂着头，用尽最后气力，高呼着早已拟就的一句句口号："打倒日本帝国主义！打倒卖国的国民党！中国共产党万岁！"曹仰山也在口号声中壮烈牺牲了。

看着国民党一批批屠杀共产党人，方志敏早就知道，属于他的时间也不多了！他将写作视为对党做的最后的贡献，在狱中，争分夺秒地为党做最后的工作。

The Faithful

临刑前，他给党组织留下了临终嘱托："我们临死前，对全党同志诚恳的希望，就是全党同志要一致团结在党中央领导之下……用尽自己的体力和智力，学习列宁同志'一天做十六点钟工作'的榜样，努力为党工作……"

为了帮助狱中的其他同志更加坚定信心，鼓舞大家坚持下去，他为很多人都写了字条。当已转至南昌军人监狱的乔信明拿到方志敏留给他的纸条时，方志敏已经英勇就义，这张沉甸甸的纸条上写道：

"永别了！请你们努力吧！我这次最感痛苦的，就是失却了为党努力的机会……同志们；十分亲爱的同志们！请你们经常记起你们多年在一起奋斗的战友们之惨死，提起奋勇的精神，将死敌的日本帝国主义赶快赶走吧，将万恶的国民党统治赶快推翻吧！谨向你们领导下的红军和工农群众致热烈的革命敬礼！"

同时，在短短的几个月里，他以惊人的毅力将十多万字的文稿复写了三份，以确保传出。

第一批文稿是由高家骏的女朋友程全昭传出来的，这个18

岁的姑娘冒着杀头的危险，将文稿送到了上海。

第二批则是由胡逸民设法保存和传出的。最后一次见到方志敏时，方志敏从床底取出稿子，交到胡逸民手里。胡逸民知道这位亲密的"囚友"是在安排后事，不禁哽咽泪下，接过稿子，用绳子牢牢缚好，把包好的文稿绑在自己的床底。

1936年秋，胡逸民出狱了，下决心要完成亡友的遗愿。在他的努力下，经过种种周折，这些珍贵的手稿终于送到了延安，毛泽东、周恩来、叶剑英等中央领导都亲自看过。叶剑英激动地提笔作诗：

血染东南半壁红，忍将奇绩作奇功。文山去后南朝月，又照秦淮一叶枫。

1981年10月，移居香港的胡逸民在阔别家乡30年后，终于得以回到内地探亲，并专程赴南昌梅岭拜谒方志敏烈士陵墓。想到46年前他为方志敏写下的悼诗"伤心今日泪如丝，忍看方郎为国牺"，胡逸民抚着墓碑，老泪纵横。

The Faithful

在刘畴西、王如痴和曹仰山被杀害的同一天，方志敏随后也被押上了刑场。

他早已妥帖地安排好了自己的书稿，环视了一眼住了二百多天的囚室，转身上路了。

囚室里没有了那个伏案写作的身影，没有了深夜的灯光，没有了缕缕墨香，没有了翻动书页的声音，又变成了一间冰冷阴森的牢房。就连春天的时候，飞来在房檐下筑巢、日日在梁上呢喃的燕子，此时也悄无声息地飞走了，只留下一个破败的空巢。

方志敏一步一步，从容稳健地走完了这人生的最后一段路。在他脚下，是茵茵绿草和美丽的小花。这每一寸，都是祖国的土地，是他甘愿为之挥洒热血的可爱的中国的土地！

　　天阴下来了！天空变成一块阴沉的巨大的幕布，笼罩着这暗无天日的世界。

　　这是一个什么样的世界啊？？？这是万恶的旧世界！！！

　　天地失色悼英魂，华夏哀哭失栋梁。

　　沧海桑田，岁月如梭，时间来到了83年后的2018年。鲜艳的五星红旗迎风飘扬，一个个朝气蓬勃的中学生，穿着整洁鲜艳的校服，整齐地排列在国旗下，齐声朗诵《可爱的中国》：

　　"朋友！中国是生育我们的母亲。你们觉得这位母亲可爱吗？我想你们是和我一样的见解，都觉得这位母亲是蛮可爱蛮可爱的……

　　"不错，目前的中国，固然是江山破碎，国敝民穷，但谁能断言，中国没有一个光明的前途呢？不，决不会的，我们相信，中国一定有个可赞美的光明前途……

　　"朋友，我相信，到那时，到处都是活跃跃的创造，到处都是日新月异的进步，欢歌将代替了悲叹，笑脸将代替了哭脸，富裕将代替了贫穷，康健将代替了疾苦，智慧将代替了愚昧，友爱将代替了仇杀，生之快乐将代替了死之悲哀，明媚的花园将代替了凄凉的荒地！这时，我们民族就可以无愧色的立在人类的面前，而生育我们的母亲，也会最美丽地装饰起来，与世界上各位母亲平等的携手了。

　　假如我还能生存，那我生存一天，就要为中国呼喊一天；假如我不能生存，死了，我流血的地方或者是我瘗骨的地方，或许会长出一朵可爱的花来，这朵花你们就看作是我精诚的寄托吧！"

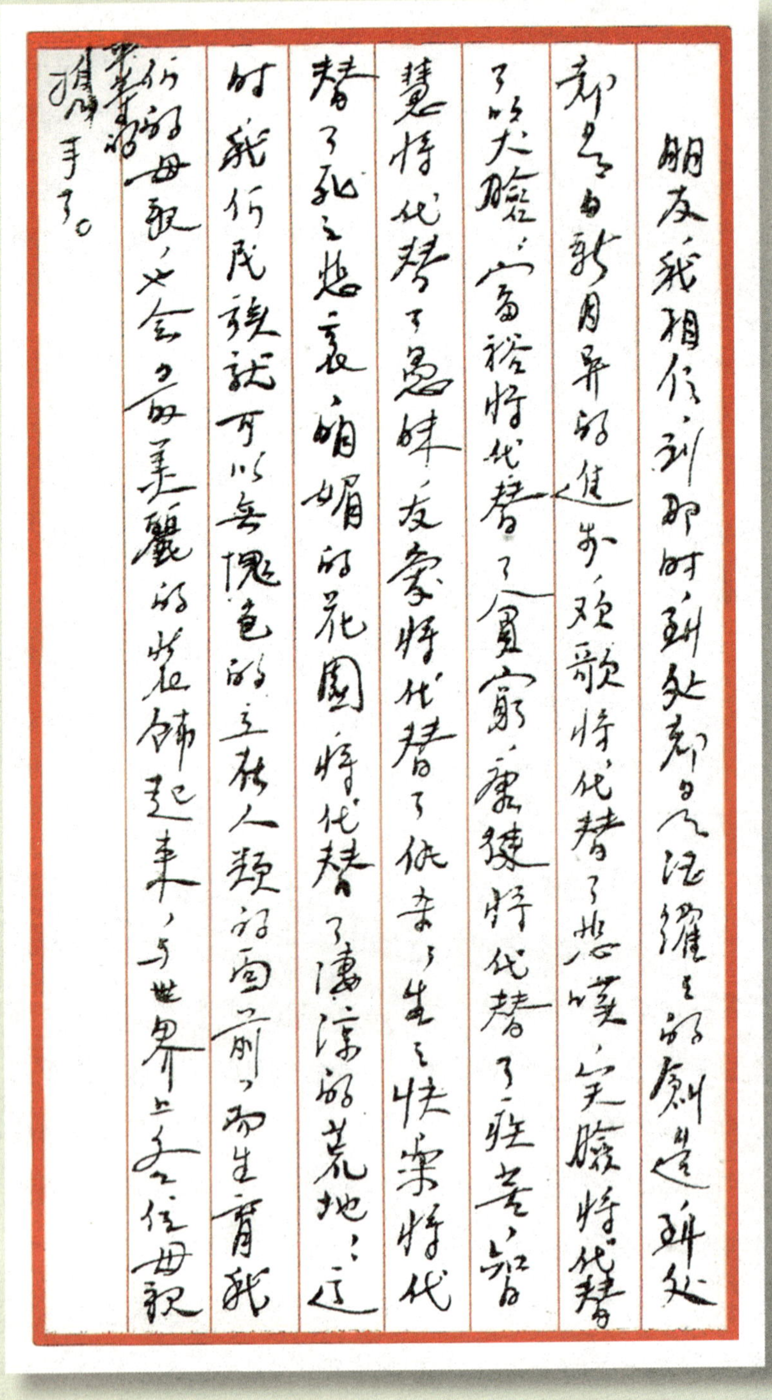

朋友，我相信，到那时，到处都是活跃跃的创造，到处都是日新月异的进步，欢歌将代替了悲叹，笑脸将代替了哭脸，富裕将代替了贫穷，康健将代替了疾苦，智慧将代替了愚昧，友爱将代替了仇杀，生之快乐将代替了死之悲哀，明媚的花园，将代替了凄凉的荒地！这时，我们民族就可以无愧色的立在人类的面前，而生育我们的母亲，也会最美丽的装饰起来，与世界上各位母亲平等的携手了。

——方志敏《可爱的中国》手稿

　　自从 1951 年出版以来，《可爱的中国》温暖、激励了一代又一代的中国人，被称为"爱国主义的千古绝唱"。

　　方志敏在文中畅想的美好未来，如今已然变成了现实。

　　正是无数革命先烈抛头颅洒热血，今天的我们才得以沐浴温暖的阳光，呼吸自由的空气，在繁荣昌盛的国家中，过着幸福安定的生活。

　　这些共产主义战士，为了心中的信仰奋斗了一生。他们没有享受到今天的生活，甚至很多人都没有看到最后的胜利，但是他们坚信他们为之奋斗的目标，终将有一天会变成现实。对这一点，他们从未有过丝毫的怀疑和动摇。

　　国防大学教授金一南指出，在中国近代历史中，没有一个政治集团像中国共产党这样受到如此严酷的考验："'一大'建党时全国只有 50 多名党员；1927 年刚刚起步却遭遇蒋介石背叛革命，5 万多名共产党人被屠杀；刚刚建立红色政权和革命根据地又经历五次围剿，最后被迫万里长征。长征结束时，30 万红军只剩下

The Faithful

一两万人，损失巨大。中国共产党之所以胜利就在于历史所给予中国共产党空前严峻的考验，很多革命志士流血牺牲，没有看到胜利的一天。1949 年新中国成立，我国党员人数已达到 300 万左右，而统计资料显示，有名可查的党员烈士却有 370 万之多，大量共产党人没有看到五星红旗升起的那一天。"

烈士的英灵，已长眠于碧海长空。他们的生命，却因信仰之光而无比壮美！

信仰，是一个国家、一个民族的精神支柱，是一个时代的精神坐标。

时代可以变迁，信仰不可缺失；年华可以老去，信仰之树常青。

让我们铭记历史，开创未来！继承先烈的遗志，让红色基因代代相传，让崇高的信仰点亮新时代的梦想！

不错，目前的中国，固然是江山破碎，国弱民穷，但谁能断言，中国没有一个光明的前途呢？不，决不会的，我们相信，中国一定有个可赞美的光明前途。

——方志敏

亲爱的朋友们，不要悲观，不要畏馁，要奋斗！要持久的艰苦的奋斗！把各人所有智慧才能，都提供于民族的拯救吧！无论如何，我们决不能让伟大的可爱的中国，灭亡于帝国主义的肮脏的手里！

你们挚诚的祥松
五月二日写于囚室

囚人祥松将上信写好了，又从头到尾仔细修改了一次，自以为没有什么大毛病了，将它折好，套入一个大信封里。

信封上写着："寄送不知其名的朋友们均启"。这封信，他知道是无法寄递的，他扯开书桌的抽屉，将信放在里面。然后拖起那双戴了铁镣的脚，钉铛钉铛走到他的铁床边就倒下去睡了。

他往日的睡，总是做着许多恶梦，今晚他或者能安睡一夜吧！我们盼望他能够安睡，不做一点梦，或者只做个甜蜜的梦。

——方志敏《可爱的中国》(摘选)

出品单位及工作人员

出　　品：中国人民解放军八一电影制片厂
　　　　　中国电影股份有限公司
　　　　　江西省弋阳县电影发行放映公司

出 品 人：张方军　　喇培康　　李小强
总 策 划：柳建伟　　马承祖　　谢来发　　丁晓胜　　李晓亮
总 监 制：颜　品　　江　平　　李天印　　谢柏清　　陈　敏　　陈　康
总制片人：刘治寰　　赵海城
总发行人：周宝林
发　　行：赖　侁
制 片 人：冷　峰　　许建海　　宋良君
策　　划：吕　征　　张峻岭　　范东升　　余世辉　　方日清
监　　制：周士民　　邓　萌　　乔忠杰　　韩　力　　余小娟
　　　　　张赛莲　　秦　岭　　祝群欢
编　　剧：李海江
摄 影 师：杨栋梁
摄　　影：何金龙　　韩　冰
美 术 师：张佐峰　　许　峰　　孙吉明
录 音 师：刘林宗　　宋维强
作　　曲：程　池
剪　　辑：杨晓英
技术指导：耿　冀
制片主任：闵耀章
领衔主演：黄少祺　　赵　毅　　卢海华　　王力可
友情出演：李幼斌　　侯天来
艺术总监：刘治寰
导　　演：杨　虎

演 员 表

主 演

方志敏	黄少祺	钱处长	廉　健
缪　敏	王力可	高家骏	王蕴凡
顾祝同	李幼斌	乔　英	姚童童
刘畴西	赵　毅	小林子	李青柯
王如痴	卢海华	马团长	王　思
王耀武	徐光宇	蒋介石	张　远
吴天来	王建福	军　医	李淞洺
五　叔	侯天来	团　长	赵中华
曹仰山	葛子铭	顾祝同副官	红　旗
凌凤梧	崔　鹏	王耀武副官	吕明俊
胡天桃	叶　鹏	副团长	高　峰
粟　裕	周钦霖	警卫员	邱　浩
寻淮洲	林晓凡	技术员	王雪彬
胡逸民	陈旺林	译电员	李明伟

参加演出

于渤正　赵　森　项　雨　刘葛栋　袁忠孝　李小雷

廖崇儒　刘化峰　关中胜　齐维刚　迪　玛　于洪涛

傅拉德　明　明　马　良　宋佳子